KREOL MORIS

Einführung in die kreolische Sprache
der Insel Mauritius

Francie Althaus: KREOL MORIS

Einführung in die kreolische Sprache
der Insel Mauritius

Verlag: Books on Demand, Norderstedt

Bibliografische Information der Deutschen Nationalbibliothek:
Die Deutsche Nationalbibliothek verzeichnet diese Publikation in der
Deutschen Nationalbibliografie; detaillierte bibliografische Daten sind
im Internet über http://dnb.d-nb.de abrufbar.

© 2011

Herstellung und Verlag: Books on Demand GmbH,
Norderstedt

ISBN: 9783842354210

Flamboyant

Inhaltsverzeichnis

Vorwort	8
Einführung in die kreolische Sprache von Mauritius	9
Das Alphabet und die Lautbeschreibung	11
Pronomen	14
Begrüßung	16
Possessivpronomen	19
Unbestimmte Pronomen	21
Verben	23
Zeiten	24
Artikel	30
Wortveränderungen von Französisch zu Kreol	33
Interrogativpronomen	34
Tage und Zeitspanne	38
Zahlen	40
Adjektive	43
Eine Wette	46
Am Flughafen	50
Verhältniswörter	53
Herr Smit kommt im Hotel an	58
Essen und Trinken	60
Obst und Gemüse	61
Gina hat Hunger	63
Im Restaurant	65
Farben	68
Wetter	70
Am Meer	72
Kleidung	74
Fliegender Händler	78
Beim Friseur	80
Im Laden	81
Die Familie	82
Das Haus	85
Der Körper	88
Beim Arzt	90
Strasse, Fahrzeuge und Verkehr	94
Haben Sie das gehört!	97
Berufe	98
Das Licht	99
Tiere und Pflanzen	100
Religion	103
Mehr Kreol:	104
Eine Geschichte	116
Vokabeln	125

Vorwort

Als ich noch Kind war hat mein Vater mir erzählt, dass irgend wann einmal die Menschen nur eine Sprache gesprochen habe. Dann haben sie den Turm zu Babylon gebaut und als der fiel, weil sie sich nicht einig sein konnten, sprach jeder in einer anderen Sprache und die Menschheit verstand sich nicht mehr.

Auf Mauritius hatten die Sklaven die Kolonialherren auch nicht verstanden.

Im Laufe der Zeit fand sich aber eine Lösung: Eine neue Sprache, die sich formte aus der Sprache ihrer ursprünglichen Heimat und derjenigen der Kolonialherren. Das war eine sehr spontane, anpassungsfähige und aufnahmebereite Sprache. Das war die Entstehung der kreolischen Sprache in Mauritius, so wie in anderen Teilen der Welt und auf anderen Inseln andere kreolische Sprachen entstanden sind.

Dieses Kreol verfügt nicht über, bedarf keiner, oder hat eben keine durchgängige und vollständige Grammatik.

Kreol ist unregelmäßig, vielfältig, metaphorisch, locker und bunt – eben auch ein Abbild der Menschen, die mit dieser Sprache aufwachsen.

Deshalb habe ich mein Augenmerk weniger auf die systematische Darstellung der Grammatik des Kreol gerichtet, sondern eher auf das praktische Hinführen zu dieser Sprache. So sind die Kapitel und Bespiele in diesem Buch sehr gemischt und nicht nach einer bestimmten Systematik angeordnet.

Ziel ist es, den besonderen Charakter der kreolischen Sprache zu zeigen, so dass der Leser diese möglichst schnell anwenden kann.

Keine Scheu! Wenn man die Sprache so nimmt, wie sie ist und nicht nur nach den verbindlichen Regeln der Grammatik, Orthografie und Phonetik sucht (die es auch gibt, aber nicht so wie etwa im Hochdeutsch), wird man sie schnell lernen, mehr noch, man findet den Schlüssel:

Das sind die Menschen dieser Sprache, die Kreolen.

Einführung in die kreolische Sprache von Mauritius

Kreol Moris

Kreolisch ist die gemeinsame Sprache aller Mauritier. Es gibt 18 Sprachen auf Mauritius: Bengali, Bhojpuri, Punjabi, Hindustani, Tamil, Telegu, Urdu, Gujerati, Marati, Hindi, Kokni, Kutchi, Cantonese, Mandarin, Hakka, Französisch, English und Kreolisch.

Jeder Mauritier wächst mehrsprachig auf, aber meist wird kreolisch gesprochen. Kreolisch ist die Lingua Franca der Insel Mauritius.

Das „Kreol-Moris" hat viele Ähnlichkeiten mit den kreolischen Sprachen der Nachbarinseln Réunion, Seychellen und selbst mit den sehr fernen Inseln Haiti, Martinique und Guadeloupe gibt es sprachliche Gemeinsamkeiten.
Wie das „Kreol-Moris" basieren auch die Kreolsprachen vieler Inseln der Karibik auf einem alten französischen Dialekt, dem Patois (ein Begriff für etwas derbe Formen des nicht in Paris gesprochenen Französisch im 17. und 18. Jahrhundert). Zu unterscheiden ist hier, dass auch manche auf Englisch basierte Kreolsprachen (z. Bsp. auf Jamaika als Patois, oder Patwa bezeichnet werden.
Das „Kreol-Moris" ist eine sehr lebhafte, bunte und lustige Sprache mit viel Humor und Doppelbedeutungen. Sie ist sehr reich an Wortspielerein, Anekdoten und Witzen.
Die Intonationen spielen in dieser Sprache eine große Rolle.
Der gleiche Satz kann sehr Unterschiedliches ausdrücken, je nachdem in welchem Ton man es sagt: (gutes, schlechtes, langweiliges, fröhliches, ernstes, mitleidiges oder böses).

Ich unterscheide drei Arten, die kreolische Sprache in Mauritius zu gebrauchen.
Das derbe Kreol, genannt „**gro kréol**", das feine Kreol, genannt „**kréol fin**" und das „**kréol francisé**".

Bsp. Wasser **dilo** – *dilo* (gro Kréol), **délo** – *delo* (Kréol fin) **und delo** – *dölo (* **Kréol francisé).**
Die letzte Variante ist eher „gehoben" und dem Französisch am nächsten.

In diesem Buch habe ich mich für den mittleren Weg entschieden, nämlich das „Kréol fin", weil das die Sprache ist, womit ich groß geworden bin und ich meine, es ist die Variante des Kreol, welche die Europäer am besten und schnellsten lernen und sprechen können.

Es gibt heute viele Diskussionen über die Standardisierung der Schreibweise des „Kreol-Moris" und wie es in Schulen unterrichtet werden soll, dennoch beschränke ich mich hier auf diese Form des Kreol.

Ich wünsche Ihnen viel Spaß beim Lernen. Wichtig ist sprechen, sprechen und noch mal sprechen. Die Leute auf Mauritius sind sehr erfreut wenn ein Urlauber oder Besucher Kreol spricht und werden Ihnen beim Lernen weiter helfen – durch sprechen.

Das Alphabet und die Lautbeschreibung

Konsonanten:

b(*be*), c(*ße*), d(*de*), f(*äf*), g(*ge*), k(*ka*), l(*el*), m(*em*), n(*en*), p(*pe*), q(*kü*), r(*er*), s(*es*), t(*te*), v(*we*), w(*dublöwe*), x(*ix*), y(*ij*), z(*säd*).

Vokale:

a(*a*), e(*ö*), i(*i*), o(*o*), u(*ü*), é(*e*)

Besondere Laute:

an, am, amp, and, ans, and, em, en, emps, ent
= *ãn* wie das nasalierte *ã* in „Restaurant"

ai, aie, ait, ais, aie
= *ä* wie in „Räte"

é, ei, et, ê, er, es, ez
= *e* wie in „Beet"

aim, ain, ein, ingt, im, in, ein
 = nasaliertes *ẽ* wie in „Cousin"

au, aud, aux, aut, op, os, ot, eau, eaux
= *o* wie in „oder"

om, omb, on, ond, ont
= nasaliertes õ wie in „Bonbon"

eu, eux, oeufs, oeu
= *ö* wie in „böse"

eu, ut
= *ü* wie in „Tüte"

ou, out, aout
= *u* wie in „Butter"

oi, oie, ois, oit
= *ua* wie ua

j wie in „Journal"

gn wie *nj*

ch
= *sch* wie in „Tisch"

c, s, sc, ss, x
= *ß* wie in „heißen"

Wie in französisch sind die Buchstaben „h", sowie „e", „s" und „d" am Ende eines Satzes stumm.

Beispiele:

Die Beispiele werden in **Kreol** geschrieben, die *Lautschrift* in Deutsch und dann die deutsche Übersetzung.

kreol	Aussprache	deutsch
alé	*ale*	gehen
boire	*boar*	trinken
dormi	*dormi*	schlafen
enn	*än*	eins
fer	*fer*	machen
gato	*gato*	Kuchen
ici	*issi*	hier
ki	*ki*	wer
labas	*laba*	dort
mama	*mama*	Mama
nou	*nu*	wir
Olga	*Olga*	Olga
poisson	*poassõn*	Fisch
rodé	*rode*	suchen
salade	*salad*	Salat
trouvé	*truwe*	finden
tou	*tu*	alle
vini	*wini*	komm/kommen
warning	*uarning*	Warnung
yupi	*jupi*	hurrah
zéro	*zero*	null

Pronomen

mo	*mo*	ich
moi	*moa*	mich/mir
to	*to*	du
toi	*toa*	dich/dir
ou	*u*	Sie
li	*li*	er/sie/es
so	*so*	sich
nou	*nu*	wir/uns
zot	*zot*	ihr/sie
nou-zot	*nuzot*	nur wir
zot-tou	*zottu*	ihr alle
banla	*banla*	die Anderen oder eine bestimmte Gruppe
sanla	*sanla*	diese/dieser/dieses
lotla	*lotla*	jener/jene/jenes (auch die Anderen)

Beispiele:

Mo ale lacase.
Mo al la kaz.
Ich gehe nach Hause.

Donne moi to niméro téléfone.
Donn moa to nimero telefon.
Gib mir deine Telefonnummer.

Qui to nouvel?
ki to nuwel?
Wie geht's dir?

Mo donne toi mo niméro portable.
Mo donn toa mo nimero portab.
Ich gebe dir meine Handynummer.

Ou enn bon dimoune.
U än bõn dimun.
Sie sind eine gute Person.

Li vini tou lézour. So travail sa.
Li wini tu le zur. So trawaj sa.
Er kommt jeden Tag. Das ist seine Arbeit.

Nou pé alle lamer.
Nu pe all lamer.
Wir fahren/gehen zum Strand/ zum Meer.

Nou-zot nou pou cuit manzé.
Nu zot nu pu kui mãnze.
Nur wir werden das Essen kochen .

Zot pencor rétourne lacase.
Zot pãnkor return lakaz.
Sie sind noch nicht zu Hause.

Zot tou bisin alle dansé.
Zot tu bizin all dãnsse.
Ihr müsst alle zum Tanzen.

Banla pou vini pli tard.
Banla pu wini pli tar.
Die Anderen werden später kommen.

Sanla li mo tifi.
Sanla li mo tifi.
Diese hier ist meine Tochter.

Lotla mo ser.
Lotla mo ser.
Die Andere ist meine Schwester.

Begrüßung

Dire Bonzour, prend nouvel
Dir bõnzur, prãn nuwel
Guten Tag sagen, fragen wie es geht

Bonzour misié, madame, mamzel.
Bõnzur missiä, madam, mamzel.
Guten Tag! Herr/Frau/Fräulein.

Qui nouvel, tou korek ?
Ki nuwel, tu korek?
Wie geht's? Alles in Ordnung?

Mo bien merci.
Mo bijẽn merssi.
Mir geht's gut, Danke!

Ou qui ou nouvel?
U ki u nuwel?
Wie geht's Ihnen?.

Moi aussi mo bien, merci.
Moa ossi mo bijẽn, merssi.
Mir geht's auch gut, Danke.

<u>ou bien</u> oder**:**

Mo pas trop bien zordi.
Mo pa tro bijen zordi.
Mir geht es nicht so gut heute.

Mo inpé malade.
Mo ĩnpé malad.
Ich bin ein bisschen krank.

Qui to gagné?
Ki to ganje.
Was hast du?

Mo gagne lagrippe/linfienza.
Mo ganj la grip/linfiänza.
Ich habe die Grippe/Ich bin erkältet. Ich habe die Influenza.

Mo souhaite ou/toi enn bonne santé.
Mo suät u/toa enn bonn sãnte.
Ich wünsche dir gute Besserung.

Alé Bye!
Ale baj!
Tschüss!

Anmerkung:
Ou (*U, Sie*), ist ein Zeichen des Respekts und der Achtung, wenn man ältere Menschen oder Menschen die man nicht kennt, anspricht.

Paul et Virginie

Possessivpronomen

Pou qui sa!
Pu ki sa!
Wem gehört es!

pou moi
pu moa = **mo**
 mein-s-e-er-en/mich/mir

pou toi
pu toa = **to**
dein-s-e-er-en/dich/dir

pou li
pu li = **so**
sein-s-e-er-en/ihm/ihr

pou nou
pu nu = **nou**
 unser-e-er-en/wir/uns

pou zot
pu zot = **zot**
 euer-e-en/ihr/euch/sie/ihnen

pou ou
pu u = **ou**
 Ihre-er-en/Sie/Ihnen

Beispiele:

Pou qui sanla sa sac la?
Pu ki sanla sa sak la?
Wem gehört diese Tasche?

Pou moi sa.
Pu moa sa.
Das ist meine.

Pou toi sa verre la?
Pu toa sa ver la?
Ist es dein Glas?

Non, pou li sa.
Nõn, pu li sa.,
Nein, es ist seins.

Pou qui sa licien la?
Pu ki sa lisijen la?
Wessen Hund ist es?

Pou nou sa.
Pu nu sa.
Unser.

Pou zot sa lacase la?
Pu zot sa lakaz la?
Gehört das Haus euch?

Non pas pou nou sa, nou loué.
Nõn pa pu nu sa nu luä.
Nein, es gehört uns nicht, wir mieten es.

Pou qui sa dipain la?   **So dipain sa.**
Pu ki sa dipin la?   *So dipin sa.*
Wem gehört das Brot?   Das ist sein Brot.

Unbestimmte Pronomen

boku	*boku*	viel, mehrere
tigit	*tigit*	wenig, ein paar
oken	*okenn*	keine
person	*persson*	niemand
inpé	*ĩnpé*	etwas, einige, manche
assé	*asse*	genug
kitsoz	*kitsoz*	irgend etwas
kiken	*kiken*	jemand
tou	*tu*	alle
nannié	*nãnje*	nichts
apepré	*apepre*	circa
autan	*otãn*	genausoviel
pliss	*pliß*	mehr
enn tas	*enn ta*	eine Menge
trop	*tro*	zuviel

Beispiele:

Comié lhotel éna dans Moris?
Komije lotel ena dãn Moris?
Wie viele Hotels gibt es auf Mauritius?

Molé enn tigit lasoupe.
Mole enn tigit lasup.
Ich möchte ein wenig Suppe.

Donne moi enn tigit casse.
Dõnn moa enn tigit kass.
Gib mir etwas Geld.

Qui quantité dimoune ti la?
Ki kãntite dimun ti la?
Wie viele Leute waren da?

Oken/person
oken/person
keine/niemand.

Ti éna inpé dimoune dans basar.
Ti ena īnpe dimun dān bazar.
Einige Leute waren auf den Markt.

Ti éna assé manzé pou zot tou?
Ti ena asse mānze pu zot tu?
Gab es genug Essen für euch alle?

Li finn faire kiksoz?
Li finn fer kiksoz?
Hat er irgend etwas gemacht?

Kiken ti téléfoné.
Kiken ti telefone.
Jemand hat angerufen.

Verben

<u>Haben und nicht haben</u>

éna / péna

éna = haben, es gibt
mo, to, li, nou, ou, zot éna
(ich, du, er/sie/es, wir, sie/Sie haben)

mo éna (ich habe).
to éna (du hast)........

péna = nicht haben, es gibt nicht, keins

mo péna (ich habe nicht).
li péna (er hat nicht).........

<u>Sein</u>

mo enn	ich bin
to enn	du bist
li enn	er/sie/es ist
nou enn ban	wir sind
zot enn ban	Ihr seid/sie sind
mo ti finn	ich war, ich hatte
mo pou	ich werde

Modalverben

mo oulé = molé   ich will
mo envie *(mo ẽnwi)* ich möchte
mo bisin *(mo bizin)* ich muss, ich soll,
                          ich brauche,
mo conné *(kone)*   ich weiß
mo capave *(kapaw)* ich kann

Zeiten

Verben im **Präsens** haben die Endung „e" (stumm)

Mo manze, mo ale.
Mo mãnz, mo all.
Ich esse, ich gehe.

Eine andere Möglichkeit besteht darin, „**pé**" oder „**apé**" vor das Verb zu setzen. Das entspricht eher dem englischen *present continuous* und beschreibt eine gerade andauernde Tätigkeit:

Mo pé manze.
Mo pe mãnz.
Ich bin am essen.

Das **Präteritum** wird gebildet indem man „**ti**", „**finn**", „**finn fini**", „**in fini**", oder „**tinn**" (Abkürzung für ti finn) vor das Verb stellt und die Endung ist wieder "e" (stumm).
Mo ti ale.
M*o ti all.*
 Ich ging.

Die **Zukunft** wird gebildet indem man „**pou**" vor das Verb stellt, und die Endung ist "**e**" (stumm).

Mo pou ale.
Mo, to...pu all.
Ich .....werde gehen.

Das **Perfekt** wird gebildet durch "**ti finn**" vor dem Verb und der Endung "**é**" **(ausgesprochen).**

Mo ti finn manzé
Mo ti finn mãnzé.
Ich habe gegessen.

Bildung des **Plusquamperfekts:**

Mo ti finn (tinn)fini manzé.
Mo ti finn fini mãnzé.
Ich hatte gegessen.

Konjunktivform:

Mo ti a manzé, oder **mo ti ava manzé.**
Ich hätte gegessen.

Mo ti a alé, oder **mo ti ava alé.**
Ich wäre gegangen.

Imperativ:

vini! *(wini!)* komm!/kommt!
Ale cherché! *(all serse)* Hol!/Holt!

Beispiele:

Mo dormi *(mo dormi)*
Ich schlafe.

To dire *(to dir)*
Du sagst.

Li boire *(li boar)*
Er trinkt.

Nou ti ouvert *(nu ti uwer)*
Wir öffneten.

Zot pou condire *(zot pu kõndir)*
Sie werden fahren.

Li finn bat li *(li finn bat li)*
Er hat sie geschlagen.

Mo ti pou croire li, Mo ti a croire li.
(Mo ti pu cruar li, Mo ti a cruar li.)
Ich hätte ihm geglaubt.

Nou pou dansé *(nu pu dãnssé)*
 Wir werden tanzen.

Frangipani

Sega

Anna voyaz par Taxi
Anna wuajaz par taxi
Anna fährt mit dem Taxi

A: **Bonzour! Ou capave quitte moi enn cou Grand-Baie?**
Bõnzur! U kapaw kit moa enn ku Grãn-Be?
Guten Tag! Können Sie mich nach Grand-Baie fahren?

Comié sa pou coute moi?
Komije sa pu kut moa?
Was kostet es?

TF: **Six cent rupee madame.**
Siss sãn rupi madam.
Sechshundert Rupees meine Dame.

A: **Eh oula! Trop ser sa.**
Eh ula! Tro ser sa.
Eh Sie! Das ist zu teuer.

TF: **Non madame, so prix memsa, l`essence fine monté.**
Nõn madam, so pri memssa, lessãnss fin monte.
Nein meine Dame, das ist der Preis, Benzin ist teurer geworden.

A: **Faire enn ti prix pou moi.**
Fer enn ti pri pu moa.
Machen Sie mir einen guten Preis.

TF: Alé right, cinq cent cinquante.
Ale reit, sänkssān sinkānt.
In Ordnung, fünfhundertfünfzig.

A: Korek, a nou alé, ou quitte moi dévant l`hotel.
Korek, a nu ale, u kit moa dewān lotel.
Einverstanden, fahren wir, Sie lassen mich vor dem Hotel raus.

TF: Péna problem/péna tracas/pas tracassé.
Pena problem, pena traka, pa trakassé.
Keine Sorge.

A: Ou casse misié, merci!
U kass missiä, merssi!
Ihr Geld mein Herr, Danke!

TF: Merci, madame!
Danke, meine Dame!

A: Salam!Bye!
Salam, baj!
Tschüss!

Artikel

Es gibt zwei Artikel im Kreol-Moris (**enn, ban**) der, die, das, ein, eine, eines.
enn ist Singular und **ban** ist Plural.
Beide werden sowohl als bestimmte wie auch als unbestimmte Artikel verwendet.

Beispiele:

Kreol	Ausprache	Deutsch
enn zour	*enn zur*	ein Tag, eines Tages
enn fois	*enn foa*	einmal
enn tifi	*enn tifi*	ein Mädchen
enn lisien	*enn lissijen*	ein Hund
enn garcon	*enn garssõn*	ein Junge
enn dimoune	*enn dimun*	ein Mensch, jemand
enn sat	*enn sat*	eine Katze
enn tasse	*enn tasse*	eine Tasse
enn latable	*enn latab*	ein Tisch
enn chaise	*enn säz*	ein Stuhl
enn cyclon	*enn siklon*	ein Zyklon, Wirbelsturm
enn lamé	*enn lame*	eine Hand
enn lipied	*enn lipiä*	ein Fuß
enn manzé	*enn mānze*	ein Essen
enn dité	*enn dite*	ein Tee
enn poule	*enn pul*	ein Huhn
enn colère	*enn koler*	ein Ärger
enn lajoie	*enn lazua*	eine Freude
enn chanté	*enn sãnte*	ein Lied
enn lidé	*enn lide*	eine Idee
enn chapeau	*enn sapo*	ein Hut

enn bef	*enn bef*	Rind/Bulle/Kuh
enn biss	*enn biss*	ein Bus
enn lauto	*enn loto*	ein Auto
enn léglise	*enn legliz*	eine Kirche
enn paké	*enn pake*	viel/mehrere
enn parcel	*enn parssel*	ein Paket
enn lili	*enn lili*	ein Bett
enn carri	*enn kari*	ein Curry
enn piti	*enn piti*	ein Kind
enn zenfan	*enn zãnfãn*	ein Kind
enn pays	*enn peji*	ein Land
enn laboutique	*enn labutik*	ein Laden
enn malchance	*enn malssãnss*	ein Unglück
enn restaurant	*enn restorãn*	ein Restaurant
enn fler	*enn fler*	eine Blume
enn fête	*enn fet*	ein Fest
enn cuillier	*enn kuijär*	ein Löffel
enn fourcette	*enn fursset*	eine Gabel
enn couteau	*enn kuto*	ein Messer
enn lapli	*enn lapli*	ein Regen
enn divent	*enn diwãn*	ein Wind
enn douler	*enn duler*	ein Schmerz
enn maladie	*enn maladi*	eine Krankheit
enn malade	*enn malad*	ein Kranker/Patient
enn kamarade	*enn kamarad*	ein Freund/Freundin
enn vacance	*enn wakãnss*	ein Urlaub

ban pays	*ban peji*	die Länder
ban zanimos	*ban zanimo*	die Tiere
ban dimoune	*ban dimun*	die Leute
ban marchand	*ban marssãn*	die Verkäufer
ban zenfan	*ban zãnfãn*	die Kinder
ban étudiant	*ban etüdiãn*	die Studenten
ban zetoile	*ban zetoal*	die Sterne
ban bef	*ban bef*	die Kühe/Rinder/Bullen
ban karokane	*ban karokann*	die Zuckerrohrfelder
ban laboisson	*ban labuassõn*	die Getränke
ban niage	*ban niaz*	die Wolken
ban lacase	*ban lakaz*	die Häuser

Demonstrativpronomen sind:

banla, sanla	*banla, sanla*	diese/er/s
sa banla	*sa banla*	die da/die Anderen
banla mem, sa banla mem	*banla mem, sa banla mem*	die-/der-/dasselbe
sa ban causé la	*sa ban kosé la*	das Gerede
sa ban samedi la	*sa ban samdi la*	die Samstage
sa ban zour la	*sa ban zur la*	an diesen Tagen

Beispiele für Wortveränderungen von Französisch zu Kreol

Französisch	Kreol	
l'argent	> largent - *larzãn*	das Geld
l'église	> léglise - *legliz*	die Kirche
de l'eau	> deleau – *délo*	das Wasser
de l'huile	> delhuile - *déluil*	das Öl
le bras	> lebras - *lébra*	der Arm
la main	> lamain - *lamé*	die Hand
la bouche	> labouche - *labousse*	der Mund
le dos	> ledos - *lédo*	der Rücken

du wird di:

du riz	> duriz - *diri*	der Reis
du thé	> duthé - *dité*	der Tee
du monde	>dumonde – *dimoune*	die Leute/ Menschen/ Personen

les wird lez:

les os	> lesos - *lézo*	die Knochen
les ailes	> lesailes - *lézel*	die Flügel
les haricots	> lesharicots – *zariko*	die Bohnen
les autres	> lesautres - *lézot*	die Anderen
les yeux	> lesyeux - *lizié*	die Augen
les animaux	> lesanimaux - *zanimo*	die Tiere

ch wird s:

champion	> *sãmpion*	Pilz
chemin	> *sémĩn*	Strasse
chambre	> *sam*	Zimmer

Interrogativpronomen

qui /qui sanla	*ki/ki sanla*	wer/wen/ wem /was/ welche
coté/qui coté/cote sa	*kote/ki kote*	wo/woher
comment/cuma	*komãn/kuma*	wie
quand/kilaire	*kãn/kiler*	wann
combien/comié	*komije*	wieviel
qui faire	*kifer*	warum
are qui/are quoi	*arr ki/arr koa*	womit/ wovon/ mit wem
lors qui	*lorki*	worüber
léquel/laquel	*lekel/lakel*	welche/er/ es

Beispiele:

Cote to alé?
Kot to ale?
Wo willst du hin?

Comié sa? Comié coute sa?
Komije sa? Komije kut sa?
Wieviel kostet das?

Qui caméra to éna?
Ki kamera to ena?
Was für eine Kamera hast du? (Was für eine Marke!)

Qui avion to pé prend?
Ki awiõn to pe prãn?
Welches Flugzeug nimmst du?

Qui bis ale Curepipie?
Ki biss all Curepipe?
Welcher Bus fährt nach Curepipe?

Cote mo linet-soleil?
Kot mo linet-solej?
Wo ist meine Sonnenbrille?

Léquel tolé?
Lekel tole?
Welchen möchtest du?

Qui coté ou sorti?
Ki kote u ßorti?
Woher kommen Sie?

Qui éna pou manzé?
Ki ena pu mãnze?
Was gibt's zu essen?

Cote mo pou conne sa?
Kot mo pu konn sa?
Woher soll ich das wissen?

Qui faire? Qui faire non?
Kifer?   Kifer nõn?
Warum?   Warum nicht?

Comié dimoune vive dans ou vilaz?
Komije dimun wiw dãn u wilaz?
Wie viele Einwohner hat Ihr Dorf?

Comié zenfan zot été?
Komije zãnfãn zot ete?
Wie viele Kinder seid ihr?

Comment? Pardon?
Komãn? Pardõn?
Wie bitte?

Qui laire to lévé?
Kiler to lewe?
Wann stehst du auf?

Qui sanla zoué sa séga la?
Ki sanla zue sa séga la?
Wer spielt diese Sega?

Selbst/Selber :

Momem, mem

Qui sanla ti cuit carri zordi?
Ki sanla ti kui Kari zordi?
Wer hat das Curry heute gekocht?

Momem, tomem, limem, noumem, zotmem.....ti cuit.
Momem, tomem, limem, numem----ti kui.
Ich, du, er, sie, wir....... selbst gekocht.

Limem enn voler.
Er ist selbst ein Dieb.

Mem si mo malade, mo ale travail.
Mem si mo malad, mo all trawaj.
Selbst wenn ich krank bin, gehe ich arbeiten.

Beispiele für zusammengeführte Wörter und Abkürzungen:

mo + oulé = molé
to + oulé = tolé
li + oulé = lilé
nou + oulé = nulé
zot + oulé = zotlé

Mo oulé enn dité. > Molé enn dité.
Ich möchte einen Tee.
Mo ti oulé enn dité. > Mo tilé enn dité.
Ich wollte einen Tee.
(Ich hätte gern einen Tee gehabt.)

pa + oulé = palé
Mo pa oulé manzé. > Mo palé manzé.
Ich will/möchte nicht essen.

pa + finn = pann
ki + finn = kinn
mo + finn = monn
to + finn = tonn
ou + finn = ounn
zot + finn = zonn
li + finn = linn

Mo finn zouine li. Monn zouine li.
Mo fin zuän li.
Ich habe ihn getroffen.

To pann donne moi.
To pann donn moa.
Du hast mir nicht gegeben.

Mo + ava = mova   Ich werde
Mo ti ava = mo tiva   Ich wäre

Mova donne li.
Mowa donn li.
Ich werde ihm geben.

Mo tiva alé.
Mo tiwa ale.
Ich wäre hingegangen.

Si mo ti éna, mo tiva donne li.
Si mo ti ena, mo tiwa donn li.
Wenn ich gehabt hätte, hätte ich ihm gegeben.

Tage und Zeitspanne

Lundi	*Ländi*	Montag
Mardi	*Mardi*	Dienstag
Mercredi	*Merkredi*	Mittwoch
Jeudi	*Jödi*	Donnerstag
Vendredi	*Wãndredi*	Freitag
Samedi	*Samdi*	Samstag
Dimanche	*Dimãnss*	Sonntag
semaine	*semen*	Woche
mois	*moa*	Monat
lanné	*lane*	Jahr
week-end	*uiken*	Wochenende
quinzaine	*kĩnzän*	Alle 15 Tage
semaine dernier	*semen dernje*	letzte Woche
semaine-prochaine	*semen prossän*	nächste Woche

lépoque	*lepok*	Epoche
sak 2 an	*sak dezãn*	alle 2 Jahre
zour	*zur*	Tag
zordi	*zordi*	heute
hier	*jär*	gestern
demain	*demän*	morgen
apré demain	*apre demän*	übermorgen
avant hier	*awãn jär*	vorgestern
lot zourla	*lotzurla*	letzter Mal
ti éna enn fois	*ti ena enn foa*	es war einmal
gramatin	*gramatĩn*	früh morgens
gramatin-bonaire	*gramatin bõner*	sehr früh morgens
avant midi	*awãn midi*	vormittag
midi	*midi*	mittag
lazourné	*lazurne*	während des Tages
apré midi	*apre midi*	nachmittag
asoir	*asuar*	abend
apré diné	*apre dine*	nach dem Abendessen
lanuitt	*lanuitt*	nachts
minuit	*minui*	mitternacht

Jahreszeit

printemps	*prĩntãn*	Frühling
lété	*lete*	Sommer
liver	*liwer*	Winter
lotone	*lotonn*	Herbst

Monate

Zanvier	*zãnwije*	Januar
Février	*fewrije*	Februar
Mars	*mars*	März
Avril	*awril*	April
Mai	*me*	Mai
Zuin	*zuĩn*	Juni
Zujet	*züjet*	Juli
Outt	*utt*	August
Septam	*septam*	September
Oktob	*oktob*	Oktober
Novam	*nowam*	November
Désam	*dessam*	Dezember

Zahlen

1 – enn *(enn)*
2 - de *(de)*
3 - troi *(troa)*
4 - quat *(kat)*
5 - cinq *(ßĩnk)*
6 - six *(siss)*
7 - sept *(set)*
8 - huit *(uit)*
9 - neuf *(nef)*

11 – onze *(õnz)*
12 – douze *(duz)*
13 - treize *(träz)*
14 - quatorze *(katorz)*
15 - quinze *(kĩnz)*
16 - seize *(säz)*
17 - dix-sept *(diset)*
18 - dix-huit *(dizuit)*
19 - dix-neuf *(diznef)*

10 – dix *(diss)*   20 - vingt *(wähn)*
30 – trente *(trẽnt)*   40 - quarante *(karãnt)*
50 - cinquante *(ßĩnkãnt)*   60 - soixante *(soissãnt)*
70 - soixante-dix*(soissãnt diss)* 80 - quatrevin *(katrewĩn)*
90 - quatrevindix*(katrewĩndiss)*
100 - cent *(ßẽn)*
1000 - mille *(mill)*
10 000 – dix-mille *(dissmill)*
100 000 – cent-mille *(ßẽn-mill)*
1 000 000 - million

Fraktion

la moitié	*lamoatije*	1/2
enn quart	*enn kar*	1/4
enn tier	*enn tiär*	1/3
enn entié	*enn entije*	1/1
enn cinquièm	*enn ßinkijem*	1/5
enn dizièm	*enn dizjem*	1/10

Uhrzeit laire *(ler)*

ennaire	*ennär*	1 Uhr	setaire	*ßetär*	7 Uhr
dezaire	*dezär*	2 Uhr	huitaire	*uitär*	8 Uhr
troizaire	*troazär*	3 Uhr	névaire	*newär*	9 Uhr
quatraire	*katrär*	4 Uhr	dizaire	*dizär*	10 Uhr
cinquaire	*ßĩnkär*	5 Uhr	onzaire	*õnzär*	11 Uhr
sizaire	*ßizär*	6 Uhr	midi / minuit		12 Uhr
			mittag/mitternacht		

ennaire dimatin	*ennär dimatĩn*	ein Uhr nachts
sizaire edmi	*sizär edmi*	halb sieben
dizaire di soir	*dizär disuar*	22 Uhr
dezaire et quart	*dezär é kar*	2.15 / 14.15
huitaire moin quart	*uitär moĩn kar*	7.45 / 19.45

quatraire pile	*katrär pil*	genau 4 Uhr
segonn	*segonn*	Sekunde
minite	*minit*	Minute
nevaire passé	*newär passe*	nach neun Uhr
dezaire lapré midi	*dezär lapre midi*	14 Uhr
troizaire la zourné	*troazär lazurne*	15 Uhr
dan cinquaire dé temps	*dãn ßĩnkärdtãm*	in fünf Stunden
tanto	*tãnto*	spät nachmittag
asoir	*asuar*	abends
bonnaire	*bonnär*	früh
tar	*tar*	spät
plitar	*plitar*	noch später

Qui date zordi?   *Ki dat zordi?*   Welches Datum ist heute?

Prémié mai	*premije me*	1. Mai
2 zanvier	*de zãnwije*	2. Januar
31 désam	*trãnt é enn désam*	31. Dezember

1.	premié	*premije*
2.	dezième	*dezijem*
3.	troizième	*troazijem*
4.	quatrième	*katrijem*
5.	cinquième	*ßĩnkijem*
6.	sizième	*sizjem*
7.	setième	*setjem*
8.	huitième	*uitjem*
9.	nevième	*newjem*
10.	dizième	*dizjem*

Adjektive

grand	*grãn*	lang/hoch/groß
triste	*triss*	traurig
piti/tipti	*piti/tipti*	klein
maigre	*meg*	dünn
gros	*gro*	groß
miser	*miser*	sehr arm
difizile	*difizil*	schwierig
gentil	*zentill*	freundlich/nett
facile	*fassil*	leicht
bleme	*blem*	blass
jeune	*zenn*	jung
honnett	*onnett*	ehrlich
vié	*wije*	alt
cher	*ser*	teuer
doucement	*dussmãn*	langsam
vite	*wit*	schnell
haute	*ott*	hoch
bas	*ba*	tief
long	*long*	lang
courte	*kurt*	kurz
bon	*bõn*	gut
mauvais	*mowe*	böse
zoli	*zoli*	schön
vilain	*wilĩn*	hässlich
lourd	*lur*	schwer
lezer	*leze*	leicht
fin	*fĩn*	fein
rough	*röf*	rau
fort	*for*	stark
faible	*feb*	schwach
frais	*fre*	kalt
chaud	*so*	warm/heiß

mou	*mu*	weich
raide	*red*	hart
dou	*du*	süss
amère	*amer*	bitter
salé	*sale*	salzig
riche	*riss*	reich
pauvre	*pow*	arm
fade	*fad*	fade
gaie	*ge*	fröhlich
cri	*kri*	roh
nervé	*nerwe*	nervös
dire	*dir*	hart
salle	*sal*	schmutzig
tranquil	*trãnkil*	ruhig

Steigerung

grand – pli grand – boku pli grand   groß –größer – viel größer

boku boku pli grand   viel viel größer

grand grand grand grand......
- Bei Superlativen wird durch einfache Wiederholung die Intensität gesteigert.

Li alé alé alé alé – Er ging einen sehr langen Weg.
Nou manzé manzé manzé manzé – Wir haben unwahrscheinlich viel gegessen.

tro = sehr, viel, sehr viel, viel zu viel
terrib = sehr sehr sehr
mari sa = unglaublich

Beispiele:

enn zoli femme *(enn zoli fam)*
eine schöne Frau
enn asé zoli femme *(enn asse zoli fam)*
eine relativ schöne Frau
enn femme inpé zoli *(enn fam īnpe zoli)*
eine etwas schöne Frau
enn bien zoli femme *(enn bijen zoli fam)*
eine sehr schöne Frau
enn femme zoli terrib *(enn fam zoli terib)*
eine sehr sehr schöne Frau
enn mari zoli femme*(enn mari zoli fam)*
eine unglaublich schöne Frau
enn zoli, zoli, zoli ....femme
eine extrem schöne Frau
enn tro zoli femme *(enn tro zoli fam)*
eine viel zu schöne Frau

Eine Wette

Robert ek Zan fer enn pariaz.
Robert und Johann machen eine Wette

R: **Écoute moi bien Zan, mo parié are toi, to pou dire quatrevin-enn si molé.**
Ekut moa bijen Zãn, mo parje ar toa, to pu dir katröwĩn-enn si mole"
Hör gut zu Johann, ich wette mit dir, dass du ein und achtzig sagen wirst, wenn ich es will.

Z: **Ki to parié?**
 Ki to parje?
 Um was wettest du?
R: **Cent roupies.**
 sãn rupees.
 Um hundert Rupees.

Z: **Alé, nou pou get sa enn coup la.**
 Ale, nu pu get sa enn ku la.
 Ok! Wir werden sehen!

R: **Nou commencé!**
 Nu Komãnsse!
 Fangen wir an!

 Comié lédoi to éna?
 Komije ledua to ena?
 Wieviel Finger hast du?

Z: **dix**
 d*iss*
 zehn

R: Comié fer dix plis vingté-enn?
Komije fer diss pliss wĩnte-enn"
Wieviel machen zehn plus einundzwanzig?

Z: Trenté-enn!
Trãnte-enn
Einunddreißig!

R: Comié fer quate foi trenté-enn?
Komije fer kat fua trãnté-enn?
Wieviel ist vier mal einunddreißig?

Z: Cent vintkat!
Sãn-wĩntkat!
Hundertvierundzwanzig!

R: Rétiré quaran-troi.
Retire karann-troa.
Minus dreiundvierzig.

Z: Sa fer....quatrevin.....Non....mo arret dire kitsoz!
Sa fer....katrowĩn...Non...mo arett dir kitsoz!
Das macht...achtzig...Nein...ich sage gar nichts mehr!

R: To malin, mari malin. Comié zour éna dans enn lané?
To malĩn, mari malĩn. Komije zur ena dãn enn lane?
Du bist klug, sehr, sehr, sehr klug. Wie viele Tage gibt es in einem Jahr?

Z: Éna troicentsoixantcinq zour.
Ena truasãnsuassãntsink zur.
Es gibt dreihundertfünfundsechzig Tage.

R: Divise li par cinq!
Diwiz li par βĩnk!
Teil das durch fünf!

Z: Soixanttrez!
Soissãnttrez!
Dreiundsiebzig!

R: Bien bon...ek dizuit.
Bijen bõn...ek dizuit.
Sehr gut.... achtzehn dazu.

Z: Quatrevin-onze!
Katröwĩn-õnz!
Einundneunzig!

R: Ala li la, donn mo casse!
Ala li la, donn mo kass!
Da ist es, gib mir mein Geld!

Z: Non kifer, zamé, sa fer quatrevin-onze pas quatrevin-enn.
Nõn kifer, zame, sa fer katröwĩn-onz pas katröwĩn-enn.
Nein warum, niemals, es macht einundneunzig, nicht einundachtzig.

R: Bé oui couyon, aster la to finn dire quatrevin-enn. Mo finn gagne cent roupies.
Be ui kujõn, aster la to finn dir katröwĩn-enn. Mo finn ganj sãn rupee.
Aber ja Dummkopf! Jetzt hast du einundachtzig gesagt. Ich habe hundert Rupees gewonnen.

warum /weil

qui faire *ki fer* warum

parski *parski* weil

Chantal finn envoye enn chèque.
Sãntal finn ãnwoj enn sek.
Chantal hat einen Scheck geschickt.

Qui faire li finn envoye enn chèque?
Ki fer li finn anwoj enn sek?
Warum hat sie einen Scheck geschickt?

Parski mo né pli éna casse.
Parski mo ne pli ena kass.
Weil ich kein Geld mehr habe.

Parski mo finn dépense boku casse.
Parski mo finn depanss boku kass.
Weil ich viel Geld ausgegeben habe.

Qui faire ou pas rentré?
Ki fer u pa rantre?
Warum kommen Sie nicht herein?

Parski mo mouillé.
Parski mo muje.
Weil ich nass bin.

esqui *eski* Ist es? Hat es?

Esqui sa loto la pou Robert?
Eski sa loto la pu Robert?
Ist es Roberts Auto?

Esqui sa lacase la pou Zanine?
Eski sa lakaz la pu Zanine?
Ist es Zanines Haus?

Esqui to finn fini manzé?
Eski zot finn fini mãnzé?
Hast du schon gegessen?

49

Am Flughafen

Simone visite so kamarad dans Moris.
Simonn wisit so kamarad dãn Moris.
Simone besucht ihre Freundin auf Mauritius.

Li éna enn bon bon copine qui apel Gita.
Li ena enn bõn bõn kopinn ki apel Gita.
Sie hat eine sehr guten Freundin namens Gita.

Arrive laéroport Plaisance, li prend so valise.
Ariw laeropor Plezãnss, li prãn so waliz.
Am Flughafen Plaisance angekommen, nimmt sie ihren Koffer.

Li passe par la douane.
Li pass par la duann.
Sie geht durch den Zoll.

Douanier demande li, si li éna kitsoz pou li déclaré.
Duanije demann li, si li ena kitsoz pu li deklare.
Der Zollbeamter fragt sie, ob sie etwas zu verzollen hat.

Simone dire: Mo péna nannié pou déclaré.
Simonn dir: Mo pena nãnje pu deklare.
Simone sagt: Ich habe nichts zu verzollen.

Douanier dire li: Ouvert ou valise madame.
Duanije dir li: Uwer u waliz madam.
Der Zollbeamter sagt zu ihr: Machen Sie den Koffer auf, meine Dame.

Douanier ouvert so valise, gété, pas trouve nannié dé valer, apré dire li alé.
Duanije uwer so waliz, gete, pa truw nãnje de waler, apre dir li ale.
Der Zollbeamter macht ihren Koffer auf, schaut, findet nichts Wertvolles und sagt, dass sie gehen kann.

Simone ferme so valise et démande douanier, cote toilette étè.
Simonn ferm so waliz e demann duanije, kot toilett ete.
Simone macht ihren Koffer zu und fragt den Zollbeamten, wo die Toiletten sind.

Douanier explique li cote li pou trouve toilette et dire li:
Duanije essplik li kot li pu truw toilett e dir li:
Der Zollbeamter erklärt ihr, wo sie die Toiletten finden wird und sagt:

Ou pou trouve la banque ek duty-free shop ossi.
U pu truw labãnk ek duty-free shop ossi.
Sie werden die Bank und den Duty-free-Shop auch sehen.

Simone rémercié li, prend so valise alé.
Simonn remercije li, prãn so waliz ale.
Simone bedankt sich, nimmt ihren Koffer und geht.

Li sorti déhors, enn ban dimoune vine lors li, dire:
Li sorti deor, enn ban dimun win lor li dir:
Sie geht raus, viele Leute kommen auf sie zu und sagen:

Bizin taxi madame?
Bizin taxi madam ?
Brauchen Sie ein Taxi meine Dame ?

Simone dire: Non merci, mo kamarade pé attann moi.
Simonn dir: Nõn merssi, mo kamarad pe attann moi.
Simone sagt: Nein Danke, meine Freundin wartet auf mich.

Selment Simone inpé curieuse, li demande Chauffeur Taxi:
Selment Simonn inpe kirrjös, li demann sofer Taxi:
Aus purer Neugier, fragt sie den Taxifahrer:

Comié couté pou ale Quatre-Bornes?
Komije kute pu al Quatre-Bornes?
Wie viel kostet es nach Quatre-Bornes?

Zist pou li gagne enn lidé.
Zist pu li ganj enn lide.
Nur um eine Vorstellung (hier: Idee) zu bekommen.

Simone zouine Gita dehors, tou lé dé mari content, embrasse zot kamarades.
Simonn zuänn Gita deor, tu le de mari kõntãn, ẽmbrass zot kamarad.
Simone trifft Gita draußen, beide sind sehr sehr froh, sie umarmen sich.

Verhältniswörter

akoz	*akoz*	weil
alor	*alor*	also
apré	*apre*	nach, danach
are	*ar*	bei, mit, an
avant	*awãn*	vor, vorzeitig, vorher, früher
conte	*kõntt*	gegen
cote	*kot*	bei, zu
coum sa	*kumssa*	so
dans	*dãn*	durch, in
dépi	*depi*	von, seit, ab
derrière	*derjär*	hinter, hinterher, hinten
ek, avec	*ek, awek*	mit
enba	*ãnba*	unter, unten
encor	*ãnkor*	noch
ente	*ãnt*	zwischen
ici	*issi*	hier
kitsoz	*kitsoz*	etwas, irgendwas
laba	*laba*	dort
lerla	*lerla*	dann
lor	*lor*	auf, über
malgré	*malgre*	obwohl
mé/bé	*me/be*	aber
mem/kanmem	*mem/kãnmem*	trotz
memsoz	*memsoz*	das Gleiche
mofrer/moser/	*mofrer/moser/*	man
monoir	*monuar*	man
nek	*nek*	nur
ou soi	*u sua*	oder
ou/ou bien	*u/ubijen*	oder
par	*par*	durch, pro, per
pencor	*pãnkor*	noch nicht
pendan	*pãndãn*	während

pliss	*pliss*	mehr
pou	*pu*	für
preske	*preske*	nahezu, fast, beinahe
samen	*samem*	deshalb, trotzdem
san/sanki	*sãn/sãnki*	ohne, ohne dass
sinon	*sinõn*	sonst
touzour	*tuzur*	immer
zamé	*zame*	nie
ziska	*ziska*	bis

Beispiele:

Mo ti rente avant toi.
Mo ti rãnt awãn toi.
Ich bin vor dir angekommen.

To arret bisstop avant Curepipe.
To arret bisstop awãn Curepipe.
Du hältst an der Bushaltestelle vor Curepipe.

Li met so sac lor latab.
Li met so sak lor latab.
Er legt seine Tasche auf dem Tisch.

Mo pou prié pou toi.
Mo pu prije pu toa.
Ich werde für dich beten.

Li finn ale dormi apré moi.
Li finn al dormi apre moa.
Er ist nach mir schlafen gegangen.

Li met so paleto derrière laporte.
Li met so palto derjär laport.
Er hängt seine Jacke hinter die Tür.

To soulié enba chaise.
To sulije ãnba sez.
Deine Schuhe sind unter dem Stuhl.

Zot conte moi.
Zot kõnnt moa.
Die sind gegen mich.

Mo pé marsé dans Curepipe.
Mo pe marsse dãn Curepipe.
Ich ging durch Curepipe.

Par moi ki li finn conne li.
Par moa ki li finn konn li.
Durch mich hat er sie kennen gelernt.

Ziska ler li pencor vini.
Ziska ler li pãnkor wini.
Bis jetzt ist sie noch nicht gekommen.

To sac are moi.
To sak ar moa.
Deine Tasche ist bei mir.

Dépi zordi mo pou cause kréol.
Depi zordi mo pu koz kreol.
Von heute an werde ich kreolisch sprechen.

Dépi zordi mo cause kreol.
Depi zordi mo koz kreol.
Seit heute spreche ich kreolisch.

Li preske gro couma enn giraumon.
Li preske gro kuma enn ziromõn.
Es ist fast so groß, wie ein Kürbis.

Dix roupi par person.
Diss rupi par person.
Zehn Rupees pro Person.

Mo pé ale sans mo ban zenfan.
Mo pe al sãn mo ban zãnfãn.
Ich gehe ohne meine Kinder.

Mo pé alé sanki li conné.
Mo pe ale sãnki li konné.
Ich gehe, ohne dass er es weiß.

Di pain ek/avec diber.
Di pĩn ek/awek diber.
Brot mit Butter.

Pendan ki li pé get télévision, kiken finn tape laporte.
Pãndãn ki li pe get telewision, kiken finn tap laport.
Während er ferngesehen hat, klopfte jemand an die Tür.

Me Liz ti la.
Me Liz ti la.
Aber, Liz war da.

Bé mo ti lamem.
Be mo ti lamem.
Aber ich war da.

Oulé enn liv pomdeter ou bien enn liv carott.
Ule enn liw pomdeter u bijen enn liw Karott.
Möchten Sie ein Pfund Kartoffeln oder ein Pfund Möhren.

Malgré li pas cause are moi, mo finn dire li bonzour.
Malgre li pa koz ar moa, mo finn dir li bõnzur
Obwohl er nicht mit mir spricht, grüßte ich ihn.

Mem so mauvais manière, li conporte li.
Mem so mowe manijer, li cõnport li.
Trotz seiner schlechte Manieren, benimmt er sich.

Alor ki nou pou faire ?
Alor ki nu pu fer ?
Also was machen wir?

To vini **sinon** mo alé.
To wini sinõn mo ale.
Kommst du, sonst gehe ich.

Li ti malade, **samem** li blem **coum sa**.
Li ti malad, samem li blem kum sa.
Er war krank, deshalb ist er so blass.

Lerla ki zot finn dire?
Lerla ki zot finn dir?
Was habt ihr dann gesagt?

Zamé mo pou blié toi.
Zame mo pu blije toa.
Ich werde dich nie vergessen.

Herr Smit kommt im Hotel an
Missié Smit arrive lotel

Missié Smit arrive lhotel dans so taxi. Li paye chauffer et li rente dans lhotel.
Missiä Smit ariw lotel dãn so taxi. Li päj sofer e li rãnt dãn lotel.
Herr Smit kommt mit seinem Taxi am Hotel an. Er bezahlt den Taxifahrer und geht ins Hotel.

Li demann dans réception, si éna enn la chambre réservé lors so nom.
Li demann dãn rezepzion, si ena enn lasam reserwe lor so nõm.
Er fragt an die Rezeption, ob ein Zimmer auf seinen Namen reserviert wurde.

R: Oui missié, ou la chambre numéro quatorze dans prémier létage.
   Ui missiä, u lasam niméro katorz dãn premije letaz.
   Ja mein Herr! Ihr Zimmer ist die Nummer 14 auf der ersten Etage.

   Sa garçon la pou amène ou valise lahaut.
   Sa garssõn la pu amenn u waliz lao.
   Der Junge wird Ihren Koffer nach oben tragen.

S: Merci beaucoup. Mo éna enn question: Esqui sa lhotel la éna enn la plaze privé?
   Merssi boku. Mo ena enn kestiõn: Eski sa lotel la ena enn laplaz priwe"
   Danke vielmals! Ich habe eine Frage: Hat dieses Hotel einen Privatstrand?

R: Oui, nou éna enn place réservé ziste pou nou clients."
Ui, nu ena enn plass reserwe ziss pu nu kliãn.
Ja, wir haben einen Platz reserviert nur für unsere Gäste.

S: Hm!merci!

R: Paul montré sa missié la so la chambre enn coup et amène so valise.
Pol mõntre sa missiä la so lasam enn ku e amenn so waliz.
Paul zeige du dem Herrn sein Zimmer und nimm seinen Koffer mit.

Bonne vacances missié, passe enn bon moment dans Moris.
Bonn wakãnß missiä, pass enn bõn momãn dãn Moris.
Ich wünsche Ihnen einen schönen Urlaub und eine gute Zeit auf Mauritius.

S: Merci, apli tard. Ala enn ti tip pou ou. Bye! Bye!
Merssi apli tar. Ala enn ti tips pu u. Baj! Baj!
Danke, bis später. Hier ist ein kleines Trinkgeld für Sie. Tschüss!

Essen und Trinken

manzé	*mãnze*	Essen
dipain	*dipīn*	Brot
diber	*diber*	Butter
lazlé	*lazle*	Gelée/Marmelade
diriz	*diri*	Reis
camaron	*kamarõn*	Garnelen
brède	*bred*	Grünzeug
dizef	*dizef*	Eier
poisson	*poassõn*	Fisch
zambon	*zãmbõn*	Schinken
laviann	*lawiann*	Fleisch
fruit	*frui*	Obst
dimièl	*dimiäl*	Honig
gonaz	*gonaz*	Junkfood
omlet	*omlet*	Omelette
fromage	*fromaz*	Käse
mine	*minn*	Nudeln
macaroni	*makaroni*	Nudeln
salade	*salad*	Salat
gadjack	*gadjak*	Fingerfood
roti	*roti*	Braten
gratin	*gratīn*	Auflauf
tifin	*tifīn*	kleiner Hunger
dézéné	*dezene*	Mittagessen
diné	*dine*	Abendessen
tidézéné	*tidezene*	Frühstück
saucisse	*sossis*	Wurst
farata	*farata*	Indische Fladen
homard	*omar*	Hummer
dalpoori	*dalpuri*	Kicherebsen-fladen
ourit	*urit*	Tintenfisch

Trinken

boire	*buar*	trinken
délo	*delo*	Wasser
dité	*dite*	Tee
dilé	*dile*	Milch
labière	*labijer*	Bier
divin	*diwĩn*	Wein
champagne	*sãmpanj*	Sekt
grog	*grog*	Rum, Whisky, o. a. Alkohol
boisson gazeuse	*boasson gazöz*	Softdrinks
milo/Ovaltine		Schokogetränke
chopine coca	*sopinn coca*	kl.Colaflasche
bouteil rum	*butej rom*	gr. Rumflasche
délo coco	*delococo*	Kokoswasser
café		Kaffee

Obst und Gemüse

bringel	*brĩnzel*	Aubergine
calebasse	*kalbass*	Kalebass
cocom	*kokom*	Gurken
giraumon	*ziromõn*	Kürbis

kotomili	*kotomili*	Koriander
lalo	*lalo*	Okra
lisou	*lissu*	Kohl
patate	*patatt*	Süßkartoffeln
patisson	*patissõn*	Ufokürbis
pima	*pima*	Chili
pomdamour	*pomdamur*	Tomaten
pomdeter	*pomdeter*	Kartoffeln
soufler	*sufler*	Blumenkohl
sounavet	*sunawe*	Kohlrabi
sousou	*susu*	Chayotte
zaricot	*zariko*	Bohnen
zépinar	*zepinar*	Spinat
zonion	*zonjõn*	Zwiebeln
poivron	*puawrõn*	Paprika
peche	*pess*	Pfirsich
persi	*perssi*	Petersilie
gourzet	*gurzet*	Zuchini
letschi	*letschi*	Litschi
lai	*laj*	Knoblauch
goyave	*gojaw*	Guave
zinzam	*zĩnzam*	Ingwer
zavoka	*zawoka*	Avocado
poire	*puar*	Birne
pom	*pom*	Apfel
banane	*banann*	Banane
résin	*resän*	Trauben
zorange	*zorãnz*	Orange
dithin	*ditĩn*	Thymian
prune	*prün*	Pflaumen
carotte	*karott*	Möhren
papaye	*papaj*	Papaja
mang	*mang*	Mango
zanana	*zanana*	Ananas

Gina hat Hunger

G: **Mo faim! Mo envie manzé.**
   Mo fin! Mo ēnwie mānzé.
   Ich habe Hunger. Ich möchte etwas essen.

B: **Ki to pou manzé?**
   Ki to pu mānze?
   Was möchtest du essen?

G: **Mo pou manz enn pair Dalpoori.**
   Mo pu manz enn per Dalpuri.
   Ich werde ein Paar Dalpooris essen.
   (Dalpooris sind Fladen aus Kichererbsenmehl, überall auf der Strasse zu kaufen)

B: **To palé manz inpé diriz ek carri poule?**
   To pale mānz īnpe diri ek karipul?
   Willst du nicht ein bisschen Reis mit Hühnerfleischcurry?

G: **Non merci, mo pas manz laviann.**
   Nõn merssi, mo pa mānz lawiann.
   Nein danke, ich esse kein Fleisch.

   Mo manz selment légime, grain sec, fruit ou bien salade.
   Mo mānz selmēn legim, grän sek, frui u bijen salad.
   Ich esse nur Gemüse, Hülsenfrüchte, Obst oder Salate.

B: **Bé to capave manz enn toufé brède avec dizef frire.**
   Be to kapaw mānz enn tuffe bred awek dizef frier.
   Aber, du kannst Grünkohl und Spiegeleier essen.

G: To bien gentille, mé mo pas manz dizef ossi.
To bijen zẽntij, me mo pa mãnz dizef ossi.
Du bist sehr nett, aber ich esse auch keine Eier.

B: Pas tracassé, mo pou faire enn fricassé sousou pou toi avec diriz.
Pa trakasse, mo pu fer enn frikassee sousou pou toi awek diri.
Mach dir keine Sorge, ich mache ein Susufricassee mit Reis.für dich.
(Susu auch genannt Christophine oder Chayote, hell grüner Kürbis, die Blätter werden auch gekocht als Brède (wie Grünkohl).

G: Merci, to bien bonne avec moi.
Merssi to bijen bonn awek moa.
Danke, du bist zu gut zu mir.

B: Ki to pou boire?
Ki to pu buar?
Was möchtest du trinken?

G: Mo pou boire enn dité.
Mo pu buar enn dite.
Ich trinke einen Tee.

B: Samem to pou boire! To palé enn grog?
Samem to pu buar! To pale enn grog?
Nur das willst du trinken! Willst du nicht einen Grog?
(Rum-Cola,Whisky o.ä.)

G: Non merci, mo pas boire lalcol, enn dité assé.
Nõn merssi, mo pa buar lalcol, enn dite asse.
Nein danke, ich trinke keinen Alkohol, ein Tee ist genug.

Im Restaurant

G: Bonsoir!
Bõnsuar
Guten Abend!

K: Bonsoir madame, enn latab pou de dimoune?
Bõnsuar madam, enn latab pu de dimunn?
Guten Abend meine Dame! Einen Tisch für zwei Personen?

G: Non, pou kat dimoune.
Nõn, pu kat dimunn.
Nein, für vier Personen.

K: Ici, madame silvouplé!
Issi, madam siwuple!
Hier bitte meine Dame!

G: Ki bon kitsoz ou éne zordi?
Ki bõn kitsoz u ena zordi?
Was haben Sie leckeres heute?

K: Zordi, nou éna la soupe crab, carri légime, ladaube poule, vindail poisson, satini pomdamur ek achard mang. Come déssert nou éna la glace coco.
Zordi, nu ena lasup krab, kari legim, ladob pul, windaj poasson, satini pomdamur ek assar mang. Komm desser nu ena laglasse koko.
Heute haben wir, Krebssuppe, Gemüsecurry, Huhn mauritische Art, Fisch in Kurkuma und Senf, Tomatenchutney, Mangopickle. Als Nachtisch haben wir Kokoseis.

Ou pou boire kitsoz?
U pu buar kitsoz?
Möchten Sie etwas trinken?

G: **Amène enn la bière, enn délo gazeuse, enn café ek enn rum-coca!**
Amenn enn la biär, enn delo gazöz, enn kafe ek enn rum-coca!
Bringen Sie ein Bier, ein Mineralwasser, einen Kaffee und eine Rum-Cola!

K: **Ou finn fini choisir ou manzé?**
U finn fini soazir u mãnzé?
Haben Sie das Essen schon ausgesucht?

G: **Oui, moi mo pou manz enn la soupe crab ek enn la daube poule. Sa missié la li pou manz vindail poisson ek diri. San madame la pou manz carri légime ek diri. Sa lot madame la li pas tro faim, li pou manz zist enn gadjak ek so rum.**
Ui, moa mo pu mãnz enn lasup krab ek enn ladob pul. Sa missiä la, li pu mãnz windaj poasson ek diri. San madam la, pu mãnz kari legim ek diri.
Sa lot madam la, li pa tro fän, li pu mãnz enn gadjak ek so rum.
Ja, ich möchte eine Krebssuppe und ein Huhn mauritischer Art. Der Herr hier möchte Fisch mit Reis. Diese Dame hier möchte Gemüsecurry mit Reis.
Die andere Dame dort, hat nicht viel Hunger, sie möchte nur Fingerfood mit ihrem Rum."

K: **Ou pou manz enn ti lasauce pima oussi?**
U pu mãnz enn ti lasauce pima ussi?
Möchten Sie auch ein bisschen Chili Sauce?

G: Non merci, nou pas manz trop fort.
Nõn merssi, nu pa mãnz tro for.
Nein Danke, wir essen nicht zu scharf.

Nach dem Essen..

K: Ou manz enn dessert, ou bien enn café, enn digestif?
U mãnz enn dessert, u bijen enn kafe, enn digestif?
Möchten Sie ein Dessert, oder einen Kaffee, einen Digestif?

G: Non merci, amenn nou ladition, nou pou ale manz Enn Laglace lor laplage.
Non merssi, amenn nu ladition, nu pu all mãnz enn laglass lor laplaz.
Nein Danke, bringen Sie uns die Rechnung, wir werden ein Eis am Strand essen.

K: Merci et Aufwiedersehen!

G: Uhg!!!!! Er spricht Deutsch!!!!!

Farben

beige	*besch*	beige
blanc	*blãn*	weiss
blé	*ble*	blau
bleu-vert	*blöwer*	türkise
bordeau	*bordo*	weinrot
gris	*gri*	grau
mauve	*mow*	lila
noir	*nuar*	schwarz
oranz	*orãnz*	orange
rouge	*ruz*	rot
vert	*wer*	grün
violet	*wiolet*	violet
zaune	*zonn*	gelb
foncé	*fonsse*	dunkel
vieux rose	*wiäroz*	alt-rosa
vert-tanne	*wertann*	zart-grün
maron	*marõn*	braun
saumoné	*somone*	lachs
argent	*arzẽn*	silber
pale	*pal*	hell
or	*or*	gold
rose	*roz*	rosa
brian	*brijãn*	glitzernd
nuancé	*nüansse*	Nuance
creme	*krem*	creme

Farbunterschiede

Bsp. Farbe rot:

Enn T-shirt rouge rouge
Enn T-shirt ruz ruz
Ein rötliches T-Shirt

Enn T-shirt inpé rouge
Enn T-shirt īnpé ruz
Ein ungefähr rotes T-Shirt

Enn T-shirt assé rouge
Enn T-shirt asse ruz
Ein ziemlich rotes T-Shirt

Enn T-shirt bien rouge
Enn T-shirt bijen ruz
Ein sehr rotes T-Shirt

Enn T-shirt bien bien rouge
Enn T-shirt bijen bijen ruz
Ein leuchtend rotes T-Shirt

Enn T-shirt tro rouge
Enn T-shirt tro ruz
Ein kreischend rotes T-Shirt

Wetter

cyclone	*siklon*	der Wirbelsturm
divent	*diwãn*	der Wind
faire chaud	*fer so*	es ist warm
faire frais	*fer fre*	es ist kalt
labrise	*labriz*	die Brise
lapli	*lapli*	der Regen
lapli pé tombé	*lapli pe tõmbe*	es regnet
létemp	*letãmp*	das Wetter
létemp couvert	*letãmp kuwer*	bewölkt
loraz	*loraz*	der Donner
nuage	*nijaz*	die Wolken
soleil	*solej*	die Sonne

Sturmwarnung

> Enn cyclone warning klasse enn en viger à Moris.
> *Enn zyklon uarning klass enn ãnwiger a Moris.*
> Sturmwarnung Stufe 1 (Es ist alles noch in Ordnung!)

> klasse de
> *klass de*
> Stufe 2

Die Schulen sind geschlossen, Büros und Läden arbeiten weiter.
Es gibt etwas mehr Wind. Vorräte müssen für ein paar Tage angelegt sein.

> klasse troi
> *klass troa*
> Stufe 3

Der Cyclon nähert sich Mauritius. Die Menschen sollen zu Hause bleiben. Mehr Wind und Regen ist angesagt.

> klasse quat
> *klass kat*
> Stufe 4

Das Wetter ist nicht mehr schön. Sehr starker Wind, und möglicherweise kein Wasser und Strom. Achtung!! Wenn es zwischendurch plötzlich schön und ruhig wird, ist es noch nicht vorbei, denn es könnte sich um das „Auge" des Cyclon handeln: Wind und Regen setzen schlagartig mit höchster Intensität wieder ein, der Wind kommt aber aus entgegen gesetzter Richtung.
Der Sturm kann 3 bis 4 Tage dauern .

Okenn cyclone warning né pli en vigueur dans Maurice.
Okenn siklon uarning ne pli ān wiger dān Moris.

> Entwarnung
> Alles ist vorbei!
> Alles wieder gut!

Wichtige Vorräte bei Ankündigung eines Sturms:

a) Wasser, Trinkwasser
b) Gaskocher
c) Gasflasche
d) Dosenfutter, Mehl, Reis, Hülsenfrüchte usw..
e) Batterie für Taschenlampe und Radios
f) Spiele
g) Kerzen

Nicht zu vergessen:
- Tür und Fenstern gut gesichert mit Latten oder anderen Materialien.
- Antennen flachlegen oder abmontieren.
- Tiefkühltruhe stärker frieren lassen und nicht zu oft aufmachen.
- Verderbliches in den Kühlschränken kochen.
- Wenn das Haus nicht sicher ist, lieber woanders unterkommen, wie in Schulen, Kirchen oder bei Nachbarn.
- Die Hotels sind sehr sicher und das Personal weiß, was zu tun ist.
- Nach dem Sturm abgekochtes Wasser trinken.

Am Meer

baie	*bé*	die Bucht
bainsoleil	*bän solej*	das Sonnenbad
barbara	*barbara*	die Seegurke
bato	*bato*	das Boot
bato a voile	*bato a wual*	das Segelboot
brisant	*brizãn*	die Brandung
bronzé	*brõnze*	bräunen
cocotier	*kokotije*	die Kokospalme
coquille	*kokij*	dieMuschel

corail	*koraj*	die Koralle
courant	*kurãn*	die Strömung
delo salé	*delo sale*	das Salzwasser
disab	*disab*	der Sand
divent	*diwẽn*	der Wind
filao	*filao*	der Filaobaum
labrise	*labriz*	die Brise
laline	*lalinn*	der Mond
lamer	*lamer*	das Meer
lapeche	*lapess*	fischen
latente	*latãntt*	das Zelt
léciel	*lessijel*	der Himmel
lombrage	*lõmbraz*	der Schatten
mayo	*majo*	die Badehose
natte	*natt*	die Strandmatte
nazé	*naze*	schwimmen
noyé	*noaje*	ertrinken
oursin	*urssãn*	der Seeigel
parasol	*parasol*	der Sonnenschirm
plonzé	*plõnze*	tauchen
récif	*rezif*	das Riff
roche	*ross*	der Stein
sapo lapaille	*sapolapaj*	der Strohhut
soleil	*solej*	die Sonne
vague	*wag*	die Welle
zétoile	*zetual*	die Sterne
zétoile demer	*zetual demer*	der Seestern

Kleidung

robe	*rob*	Kleid
semise	*semiz*	Hemd
zip	*zip*	Rock
kravatte	*krawatt*	Krawatte
blouse	*bluz*	Bluse
blouson	*bluzõn*	Jacke (Anorak)
soulié	*sulije*	Schuhe
sosset	*sosset*	Socken
léba	*leba*	Strümpfe
savatte	*sawat*	Latschen
sandalett	*sãndalet*	Sandalen
soulié tennis	*sulije tennis*	Turnschuhe
paréo	*pareo*	Umhang
kostim	*kostim*	Anzug
robe demarié	*rob demarije*	Hochzeitskleid
longrobe	*long rob*	Galakleid
minizip	*minizip*	Minirock
short	*sort*	Shorts
sari	*sari*	indisches Frauengewand
kurta	*kurta*	indisches Männergewand
orni	*orni*	Schal bei muslimischem Gewand
colant	*kolãn*	dicke Strumpfhose
soutien gorge	*sutijen gorz*	BH
kilote	*kilot*	Frauenunterwäsche
slip	*slip*	Männerunterwäsche
calsson detsou	*kalssõn detssu*	Boxershorts
manto	*mãnto*	Mantel
paleto	*palto*	Wolljacke
triko	*triko*	Pullover
jacket	*džaket*	Sacco

smoking	*smoking*	Smoking
jacket cuir	*džaket kuir*	Lederjacke
robe desam	*robdessam*	Nachthemd
miba	*miba*	Kniestrümpfe

---

tro serré	*tro ßere*	zu eng
tro grand	*tro grãn*	zu groß
tro court	*tro kurt*	zu kurz
tro long	*tro long*	zu lang
inpé pli grand	*ĩnpe pli grãn*	etwas größer
inpé tro serré	*ĩnpe tro ßere*	etwas zu eng
tro afler	*tro afler*	zu blumig
tissi la pas bon	*tissi la pa bõn*	der Stoff ist nicht gut
latoile la pas bon	*latual la pa bõn*	der Stoff ist nicht gut
tro ziste	*tro zist*	zu knapp
tro large	*tro larz*	zu weit
pas assé large	*pa asse larz*	nicht weit genug
tissi la détin	*tissi la detĩn*	der Stoff verfärbt sich
comié met bisin?	*komije met bizin*	wie viel Meter braucht man?
enn zoli couler	*enn zoli kuler*	eine schöne Farbe
couler la pas tro zoli	*kuler la pa tro zoli*	die Farbe ist nicht sehr schön

mo capave rétourn li ?
mo kapaw return li?
Kann ich es zurück bringen?

amènn ou ressi
amenn u ressi
Bringen Sie die Quittung mit

Cote mo capave asté inpé cado?
Kot mo kapaw aste ĩnpe kado ?
Wo kann ich ein paar Geschenke kaufen?

Ale Caudan, dans Port-Louis ou soi bazar.
Al Kodãn, dãn Port-Louis u sua bazar.
Gehen Sie nach Caudan in Port-Louis oder auf den Markt.

Esqui mo capave paye are carte crédit?
Eski mo kapaw pej arr kart kredi?
Kann ich mit der Kreditkarte bezahlen?

Dans magazin oui, mais dans basar to bizin paye cash.
Dãn magasĩn ui, me dãn basar to bizĩn pej kasch.
In den Läden ja, aber auf dem Markt musst du bar zahlen.

Qui seiz ou bizin?
Ki seiz u bizĩn?
Welche Größe brauchen Sie?

Mo bizin enn grand seiz, quarante, quarante-deux, quarante-quatre.
Mo bizĩn enn grãn seiz, karãnt, karãnt-dö, karãnt-kat.
Ich brauche die Größen vierzig, zweiundvierzig, vierundvierzig.

Mo bisin enn pli grand.
Mo bizĩn enn pli grãn.
Ich brauche einen größeren.

Mo bizin enn tipti, enn pli piti.
Mo bizīn enn tipti, enn pli tipti.
Ich brauchen einen kleinen, einen kleineren.

Li pas ale are moi.
Li pa all ar moa.
Es steht mir nicht.

Mo mari pas conten li.
Mo mari pa kõntãn li.
Mein Mann mag es nicht.

Accessoires

bijou	*Bizu*	Schmuck
monte	*mõntt*	Armbanduhr
bracelet	*brassle*	Armreif
bague	*bag*	Ring
zano	*zanno*	Ohrringe
sac maquillage	*sak makijaz*	Kosmitiktasche
sac a main	*sak a mīn*	Handtasche
foulard	*fular*	Halstuch
sang	*sang*	Gürtel
puli	*puli*	Nasenstecker
chale	*schal*	Schal
lasenn	*lasenn*	Halskette
cheviyon	*sewijõn*	Fußkette
teintire	*tīntir*	Nagellack
aceton	*asseton*	Nagellackentferner
dirouge	*diruz*	Lippenstift
lapoudre	*lapud*	Puder
linett soleil	*linett solej*	Sonnenbrille

Der Fliegende Händler   Kolporter

Enn boug tape laporte madame Lilinn.
Enn bug tap laport madame Lilinn.
Ein Typ klopft an der Tür von Frau Lilinn.

K: Bonzur madame! Ou bisin enn ti kiksoz, savon, parfum, zoli bluse...?
Bõnzur madam! U bizĩn enn ti kiksoz, sawõn, parfĩm, zoli bluz...?
Guten Tag meine Dame! Brauchen Sie irgendwas, Seife, Parfüm, eine schöne Bluse...?

L: Bonzour, nooon mo pas bisin!
Bonzur, nõõõn mo pa bizĩn.
Guten Tage! Neiiiiiin ich brauche nichts.

K: Mé, ou met la crème dans figire?
Me, u mett la krem dãn figir?
Aber, Sie benutzen Gesichtscreme?

Sa madame acoté la finn acheté de pots. Li bien content li.
Sa madam akoté la finn assté de po. Li bien kõntãn li.
Die Frau nebenan hat zwei Dosen gekauft. Sie mag es sehr.

L: Bé, mo pas servi lacreme ossi!
Be, mo pa ßerwi lakrem ossi!
Aber, ich benutze auch keine Creme !

K: Get sa ban tizano la madame, dernier cri, la mode sa!
Get sa bann tizano la madam, dernje kri, la mod sa!
Schauen Sie die schönen Ohrringe, letzter Schrei, sehr modisch!"

L: Non, mo pas met zano, apré mo pas acheté ek colporter. Mo pas conné cote ou gagne sa.
Non, mo pa mett zano, apre mo pa asste ek kolporter, mo pa konné kot u ganj sa.
Nein! Ich trage keine Ohrringe und dann kaufe ich nie von Fliegenden Händlern. Ich weiß nicht, von wo Sie die Sachen beziehen.

K: Eh madame! Pas faire coumsa. Ou conné, ou bisin enn lafiche cote dire, mo défann colporter tap mo la porte.
Eh madam! Pa fer kumssa. U konne, u bizĩn enn lafiss kot dir mo defann kolporter tap mo laport.
He! Meine Dame! Nicht so. Wissen Sie, Sie brauchen ein Schild, worauf geschrieben ist: Ich verbiete Fliegenden Händlern an meine Tür zu klopfen.

L: Alé right! Donn moi enn sa lafiche la!
Ale reit! Donn moa enn sa lafiss la!
In Ordnung! Geben Sie mir so ein Schild.

K: Trente roupie madame! Merci! Aurevoir!
Trẽnt rupi madam! Merssi! Orewuar!
Dreißig Rupees meine Dame! Danke! Auf Wiedersehen!

Frangipani

Beim Friseur

D: Bonzour mamzelle! Ou capave coupe mo cévé ek met enn permanent?
Bonzur mamzel! U kapaw kup mo ßewe ek mett enn permanãnt?
Guten Tag Fräulein! Können Sie meine Haare schneiden und eine Dauerwelle machen?

F: Oulé ossi teinn ou cévé?
Ule ossi tänn u ßewe?
Möchten Sie auch die Haare färben?

D: Non merci, mé ou capave met 2-3 meches ladans.
Nõn merssi, me u kapaw mett de-troa mess ladãn.
Nein Danke! Aber Sie können 2 bis 3 Strähnchen rein tun.

F: Nou bisin lave ou cévé, rinse li, apré nou coupe li.
Nu bizĩn law u ßewe, rĩnsse li, apre nu kup li.
Wir müssen Ihre Haare waschen, spülen, danach schneiden wir sie.

D: Ayo! Sa pou prend tro boku létemps.
Ajo! Sa pu prãn tro boku lé tãmp.
Oh mein Gott! Das dauert viel zu lange.

F: Ou capave prend enn rendez-vous pou la semaine prochaine!
U kapaw prãn enn rãnde-wu pu la ßemän prossän!
Sie können einen Termin für nächste Woche nehmen!

D: Alé daccord!
Ale dakor!
Einverstanden!

Im Laden
Dans Magasin - *Dãn Magazin*

K: Bonzour, ou éna parasol!
Bõnzur u ena parasol!
Guten Tag! Haben Sie Sonnenschirme?

V: Oui madame, ki couler oulé?
Ui madam, ki kuler ule?
Ja meine Dame, welche Farbe möchten Sie?

Mo éna rouge, blé, zaune, vert, mauve, noir ek blan. Lékel oulé?
Mo ena ruz, ble, zonn, wer, mow, nuar ek blãn. Lekel ule?
Ich habe rot, blau, gelb, grün, lila, schwarz und weiß. Welchen möchten Sie?

K: Mo pren sé ki vert la. Comié li couté?
Mo prãn se ki wer la. Komije li kute?
Ich nehme den Grünen. Wie viel kostet der?

V: Li cout troicent roupie.
Li kut troassãn rupi.
Der kostet Rs300.-

K: Ok mo pren li.
Ok mo prãn li.
Ok, den nehme ich.

V: Ou bisin encor kiksoz madam, enn sapo ou soi enn kasket?
U bizin ãnkor kiksoz madam, enn sapo u soa enn kasket?
Brauchen noch irgendwas Madam, einen Hut oder eine Schirmmütze?

Nou éna ossi paréo ek tou zafaire pou soleil pas brile ou.
Nu ena ossi pareo ek tu zafer pu solej pas bril u.
Wir haben auch Pareos und alle Sachen, damit die Sonne Sie nicht verbrennt.

K: **Non merci, mo éna tou sa la.**
Nõn merci, mo ena tu sa la.
Nein Danke, ich habe das alles.

Familie

mama	*mama*	Mutter, Mama
ser	*ser*	Schwester
frer	*frer*	Bruder
tiser	*tiser*	kleine Schwester
granser	*grãnser*	große Schwester
tifrer	*tifrer*	kleiner Bruder
granfrer	*grãnfrer*	großer Bruder
demifrer/demiser	*demifrer/demiser*	Halbbruder/-schwester
belleser	*bellsser*	Schwägerin
beaufrer	*bofrer*	Schwager
bellemère	*bellmer*	Schwiegermutter
beaupère	*boper*	Schwiegervater
granmère	*grãnmer*	Oma
granpère	*grãnper*	Opa
arrière-granmère	*arrjer-grãnmer*	Uroma
arrière-granpère	*arrjer-grãnper*	Uropa
tonton	*tõntõn*	Onkel
matante	*matãnt*	Tante

cousin/cousine	*kuzīn/kuzien*	Cousin/Cousine
zenfan	*zãnfãn*	Kind/Kinder
tizenfan	*tizãnfãn*	Enkel/Enkelin
arrière-tizenfan	*arrjer tizãēnfãn*	Urenkel/Urenkelin
fami	*fami*	Familie
mari	*mari*	Ehemann
femme	*fam*	Ehefrau
zenset	*zãnsset*	Ahnen
tifi	*tifi*	Tochter
garçon	*garssõn*	Sohn
nevé	*newe*	Neffe
nièce	*nijess*	Nichte
marraine	*maränn*	Patentante
parin	*parän*	Patenonkel
fami déloin	*fami deluän*	entfernte Verwandte
nom fami	*nõm fami*	Familienname
nom mamzel	*nõm mamzel*	Mädchenname
zenfan adoptiv	*zãnfãn adoptiw*	Adoptivkinder

Die Familie
Ban Fami

Tizan deman so papa.
Tizãn demann so papa.
Der kleiner Johann fragt seinen Vater.

Tz: Papa, mo fami ek tonton Pierre?
　　Papa, mo fami ek tõntõn Pierre?
　　Papa, bin ich verwandt mit Onkel Peter?

Papa la réponn:
Papa la reponn:
Der Vater antwortet:

Pp: **Mo frer sa.**
　　Mo frer sa.
　　Der ist mein Bruder.

Tz: **Bé matante Thérèse ?**
　　Be matãnt Therez?
　　Aber Tante Therese?

Pp: **Sa so femme, femme mo frer, to matante sa.**
　　Sa so fam, fam mo frer, to matãnt sa.
　　Die ist seine Frau, die Frau meines Bruders, sie ist deine Tante.

　　Et Paul mari mo ser.
　　E Pol mari mo ser.
　　Und Paul ist der Mann meiner Schwester.

　　Li ossi li to tonton.
　　Li ossi li to tõntõn.
　　Er ist auch deinen Onkel.

Tz: **Ayo! Mo pas pu rapel tou sa la.**
　　Ajo! Mo pa pu rapel tu sa la.
　　Oje! Das kann ich mir nicht alles merken.

Pp: **Pas faire nannié.**
　　Pa fer nãnje.
　　Mach nichts, ist nicht schlimm.

Tz: **Bé to fami ek mama?**
　　Be to fami ek mama?
　　Aber du bist mit Mama verwandt?

Pp : Non, non, non, non, non! Mama mo femme .
Nein, auf gar keinen Fall ! Mama ist meine Frau.

Tz: Bien komik, koma zot konn tou sa la?
Bijen komik, koma zot konn tu sa la?
Sehr komisch, wie wisst ihr das alles?

Das Haus

bainoir	*benuar*	die Badewanne
balcon	*balkõn*	der Balkon
barage	*baraz*	Zaun und Grenze
bidet	*bide*	das Bidet
campement	*kãmpmãn*	Bungalow
carporte	*karport*	Carport
grénié	*grenije*	der Dachboden
lacase létaz	*lakazletaz*	Etagenhaus
laclé	*lakle*	der Schlüssel
lacour	*lakur*	das Grundstück
lacuisine	*lakuizin*	die Küche
laf'net	*lafnet*	das Fenster
laporte	*laport*	die Tür
lasam	*lasam*	der Raum
lasam a manzé	*lassam a mãnze*	das Esszimmer
lasam dormi	*lassam dormi*	Schlafzimmer
lasam zenfan	*lassam zãnfãn*	das Kinderzimmer
lavabo	*lawabo*	das Waschbecken
lavarang	*lawarang*	die Veranda
lévié	*lewije*	das Spülbecken
limpost	*lĩmpost*	das Oberlicht
locataire	*lokater*	der Mieter
mainhole	*mähnol*	Abwasserschacht
mirail	*miraj*	die Wand

oven	*owãn*	das Vordach
planssé	*plãnsse*	Fußboden (aus Holz)
propriètaire	*propriäter*	Hauseigentümer
rentbook	*rentbuk*	Mietbuch (Quittungbuch bei Miete)
sali	*ßali*	Fußboden (aus Beton)
salon	*salõn*	das Wohnzimmer
sewerage	*siwrädsch*	die Kanalisation
soussol	*ßussol*	der Keller
spareroom	*spärrum*	das Gästezimmer
terasse	*terass*	die Terrasse
toit	*tua*	das Dach
toit en toll	*tua ãn toll*	das Blechdach

Hausausstattung, -einrichtung

aspirater	*asspirater*	der Staubsauger
baké	*bake*	Waschschüssel (aus Metal)
balié	*balije*	der Besen
belna	*belna*	das Nudelholz
billiot	*bio*	das Schneidebrett
bol	*bol*	die Schüssel
castioule	*kastijul*	der Küchenlöffel
chaise	*säz*	der Stuhl
cuillière	*kuijer*	der Löffel
dekti, marmite	*dekti, marmit*	Topf, Kochtopf
drap	*dra*	das Bettlaken
fauteil	*fotej*	der Sessel
four	*fur*	der Herd

fourchette	*fursset*	die Gabel
frigider	*frizider*	der Kühlschrank
gandtoilet	*gãndtoilett*	der Waschlappen
gardemanzé	*gardmãnze*	Küchenschrank
karaille	*karaj*	die Wokpfanne
kivet	*kiwet*	Waschschüssel
larmoire	*larmuar*	der Schrank
lassiette	*lassiät*	der Teller
latable	*latab*	der Tisch
latable à manzé	*latab a mãnze*	der Eßtisch
latable de nuit	*latab denui*	der Nachttisch
latable dimilié	*latab dimilije*	Wohnzimmertisch
lili	*lili*	das Bett
maschine à lave	*maschin a lawe*	Waschmaschine
meb la cuisine	*meb lakuizin*	die Küchenmöbel
molton	*moltõn*	die Wolldecke
moustiquaire	*musstikär*	das Moskitonetz
paillasson	*pajassõn*	die Fußmatte
panchair	*pantscher*	Eß- oder Wohnzimmerschrank
paspiré	*paspire*	das Sieb
pilon ek mortier	*pilõn ek mortiä*	der Mörser
plato	*plato*	das Tablett
poubel	*pubel*	der Mülleimer
pualon	*pualõn*	Pfanne, Bratpfanne
réveil	*rewej*	der Wecker
rido	*rido*	die Gardine
séo	*seo*	der Eimer
serviette	*ßerwijet*	das Handtuch
siffon lacase	*ßifõn lakaz*	das Putztuch
tablett	*tablett*	das Regal
tawa	*taua*	Eisenplatte für Faratas (Mehlfladen)
tempo	*tempo*	Schnellkochtopf
torson	*torssõn*	das Trockentuch
verre	*wer*	das Glas

Der Körper

basvente	bawãntt	der Unterleib
cerveau	ßerwo	das Gehirn
cévé	cewe	die Haare
chess	tschess	die Brust
cheville	ßewij	der Fußknöchel
cil	ßil	die Wimpern
colon vertebral	kolonwertebral	die Wirbelsäule
coq	kok	der Penis
cote	kott	die Rippen
coud	kud	der Ellenbogen
disang	disãn	das Blut
doudou	dudu	die Brüste
figire	figir	das Gesicht
front	frõn	die Stirn
labousse	labuss	der Mund
lacase baba	lakaz baba	der Uterus
lacuisse	lakuiss	der Schoß
lagorze	lagorz	der Hals
lalang	lalang	die Zunge
lalèv	lalew	die Lippen
lamé	lame	die Hand/Hände
lapeau	lapo	die Haut
laratt	laratt	die Milz
larterre	larter	die Arterien
lassel	lassel	der Stuhlgang
latete	latett	der Kopf
laveine	lawenn	die Venen
lazam	lazam	das Bein
lazoue	lazu	die Backe
léance	leãnss	die Hüfte
lébra	lebra	der Arm/die Arme
lédent	ledãn	die Zähne
lédo	ledo	der Rücken
lédoi	ledua	der Finger
lédoi lamé	ledua lame	der Finger

léfoi	*lefua*	die Leber
leker	*leker*	das Herz
lérin	*lerĩn*	die Nieren
lestoma	*lestoma*	der Magen
lézo	*lezo*	die Knochen
licou	*liku*	der Hals/Nacken
lipié	*lipje*	der Fuß
lizié	*lizje*	die Augen
lombri	*lõmbri*	der Nabel
lovaire	*lowär*	die Eierstöcke
lurin	*lürin*	der Urin
menton	*mãntõn*	das Kinn
mollet	*mole*	die Wade
néné	*nene*	die Nase
palais	*palä*	der Gaumen
pankreas	*pãnkreas*	der Pankreas
paupière	*popiär*	die Augenlider
pipil	*pipill*	die Pupillen
plaque lipié	*plak lipije*	die Fußsohle
poigné	*puanje*	die Faust
pomlamé	*pomlame*	die Handballen
pouce	*puss*	der Daumen/der große Zeh
poumon	*pumõn*	die Lunge
sourci	*surssi*	die Augenbraue
talon	*talõn*	die Ferse
toune	*tun*	die Vagina
vente	*wẽnt*	der Bauch
zenou	*zenu*	das Knie
zépol	*zepol*	die Schulter
zong	*zong*	der Nagel
zoreil	*zorej*	die Ohren
zorteil	*zortej*	die Zehe

Krankheit und beim Arzt

blessé	*blesse*	verletzt
blessir	*blessir*	Verletzung
brilé	*brile*	Verbrennung
cancer	*kãnsser*	Krebs
cassé	*kasse*	gebrochen/Bruch
comprimé	*kõmprime*	Tablette
coud	*kud*	nähen
coudsoleil	*kudsolej*	Sonnenbrand
coupé	*kupe*	geschnitten
crampe	*krãmp*	Krampf
diabett	*diabett*	Diabetes
diaré	*diare*	Durchfall
enflé	*ãnfle*	geschwollen
enpoisoné	*ãnpuazone*	Vergiftung
faire mal	*fermal*	wehtun
famsaz	*famsaz*	Hebamme
gagne douler	*ganj duler*	Schmerzen haben
gaz	*gaz*	Blähungen
gonflé	*gõnfle*	Schwellung
graté	*grate*	Kratzen, jucken
guéri	*geri*	heilen/gesundmachen
infektion	*ĩnfekssiõn*	Entzündung
infirmier	*ĩnfirmije*	Krankenpfleger
urgence	*irzãnss*	Notfall
lacramp	*lakrãmp*	Schüttelfrost
lafiève	*lafiew*	Fieber
lapomade	*lapomade*	Salbe
larouzol	*laruzol*	Röteln
laverett	*lawerett*	Masern
malade	*malad*	krank/Kranker
malade latet	*malad latett*	Kopfscmerzen
malade mouton	*malad mutõn*	Mumps
medcin	*medzin*	Medikament
nurse	*nerss*	Krankenschwester

operé	*opere*	Operation
pansement	*pãnssmãn*	Verband
pikire	*pikir*	Spritze
pilille	*pilill*	Pille
pissé/faire pipi	*pisse/fer pipi*	urinieren
platt	*platt*	Gipsverband
ploré	*plore*	heulen/weinen
rézim	*rezim*	Diät
tension	*tãnssiõn*	Blutdruck
touffment	*tuffmãn*	Asthma/Atemnot
toussé	*tusse*	husten
tremblé	*trãmble*	zittern
ulcer	*ülsser*	Geschwür
vertiz	*wertiz*	schwindelig
virus	*wirüss*	Virus
vomi	*vomi*	erbrechen

Beim Arzt

Dépi dé-trois zour missié Blé pas senti li bien.
Depi de-troa zur missiä Ble pa ßãnti li bijen.
Seit 2-3 Tagen fühlt sich Herr Ble nicht gut.

So femme dire li ale cote dokter.
So fam dir li al kot dokter.
Seine Frau sagt ihm, dass er zum Arzt muss.

Missié Blé rente dans konsiltation Dr. Razui.
Missiä Ble rãnte dãn konssiltassiõn Dr. Razui.
Herr Ble geht in die Praxis von Dr. Razui.

Li attann ziska dokter appel li.
Li attann ziska dokter appell li.
Er wartet bis der Arzt ihn zu sich ruft.

D: **Bonzour missié? Qui ou gagné, cote ou fermal?**
Bonzur missiä? Ki u ganje, kot u fermal?
Guten Tag mein Herr? Was haben Sie, wo tut es weh?

B: **Mo pas conné ki mo gagné, mé mo pas senti moi bien. Mo finn prend mo températir, mo péna lafiève."**
Mo pa kone ki mo ganje, me mo pa sãnti moa bijen. Mo finn prãn mo tãmperatir, mo pena lafiew.
Ich weiß nicht was ich habe, aber ich fühle mich nicht gut.
Ich habe meine Temperatur gemessen, ich habe kein Fieber.

D: **Dézabiyé missié, mo pou consilté ou!**
Dezabije missiä, mo pu konssilte u!
Machen Sie sich frei, ich werde Sie untersuchen!

D: **Hm! Léker bon, ou poumon ossi bon. Esqui ou manz bien, ou éna lapéti?**
Hm! Leker bõn, u pumõn ossi bõn. Eski u mãnz bijen, u ena lapeti?
Hm! Das Herz ist in Ordnung, Ihre Lunge ist auch gut. Essen Sie gut, haben sich Appetit?

B: **Non dokter, mo pas faim, mo pas capave dormi, mo senti moi feb ek mo gagne boku malade latett.**
Nõn dokter, mo pa fĩn, mo pa kapaw dormi, mo ßãnti moa feb ek mo ganj boku malad latett.
Nein Doktor, ich habe keinen Hunger, ich kann nicht schlafen, ich fühle mich schwach und habe viel Kopf-schmerzen.

D: Ou bisin ale lopital, pou faire enn check. Bisin prend ou disang pou analisé. Pou lémoment, mo donne ou enn comprimé pou boire. Prend li dézer avant ou dormi.
Quand ou gagne résilta, révine get moi.
U bizīn al lopital, pu fer enn chek. Bizīn prãn u disãn pu analize. Pu lemomãn, mo donn u enn kõmprime pu buar. Prãn li dezer awãn u dormi. Kãn ou ganj resilta, rewin get moa.
Sie müssen zum Krankenhaus zu einer Untersuchung. Blut muss abgenommen und untersucht werden. Jetzt gebe ich Ihnen erst mal eine Tablette zum Einnehmen. Nehmen Sie die zwei Stunden vor dem Schlafengehen. Wenn Sie die Ergebnisse haben, kommen Sie wieder zu mir.

B: Comié mo doit ou dokter?
Komije mo dua ou dokter?
Wie viel schulde ich Ihnen Herr Doktor?

D: Rs.800 (huitcent roupies).
uitssãn rupi.
Achthundert Rupees.

Paille-en-queue

Strasse, Fahrzeuge und Verkehr

sémin	*semĩn*	Strasse, Weg
lari	*lari*	Strasse, Weg
trottoir	*trotuar*	Bürgersteig
ronpoint	*rõnpuän*	Rondell
crosseer	*krossier*	Zebrastreifen
robot	*robo*	Ampel
lacroisé	*lakruaze*	Kreuzung
pont	*põn*	Brücke
lotoroute	*lotorut*	Autobahn
kanal	*kanal*	Kanal, Graben
parking	*parking*	Parkplatz
filling	*filling*	Tankstelle
mett lessence	*mett lessãnss*	Tanken

Richtungen

lahaut	*lao*	oben
enba	*ẽnba*	unten
agausse	*agoss*	links
adroite	*adruat*	rechts
ale adroite mem	*al adruat mem*	gerade aus
casse contour	*kass kõntur*	die Kurve nehmen
prend sa sémin la	*prãn sa semĩn la*	nehmen Sie diese Strasse
ou ale adroite	*u al adruat*	gehen Sie rechts
ou ale agausse	*u al agoss*	gehen Sie links
derrière	*derrijer*	hinter
dévant	*dewãn*	vor, vorne
acoté	*akote*	neben, neben an
ziska	*zisska*	bis
visavi	*wizawi*	gegenüber
lénord	*lenor*	Nord

lésud	*lesüd*	Süd
lest	*lesst*	Ost
louest	*luesst*	West
continié alé dans	*kontinije ale dãn*	gehen Sie weiter
sa direktion la	*sa direktion la*	in dieser Richtung
ici	*issi*	hier
labas	*laba*	dort
traversé	*trawersse*	überqueren
alé mem	*ale mem*	noch weiter gehen
traffic	*traffik*	Verkehr, Verkehrspolizei
kontravention	*kõntrawãntion*	Knöllchen
mottard	*motar*	Motorradpolizist
lamanne	*lamann*	Strafe
aumilié sémin	*omilije semĩn*	Straßenmitte
ralenti	*ralãnti*	verlangsamen
lamonté	*lamõnté*	bergauf
la descente	*ladessãntt*	bergab
faire arrière ,kilé	*fer arriär,kile*	rückwärts fahren
pointmort	*puänmor*	Leergang
bousson	*bussõn*	Stau
licence	*lajssenss*	Führerschein
lassirence	*lassirãnss*	Versicherung
accident	*akzidãn*	Unfall
pèse frein	*pezfrän*	bremsen
fitness	*fitness*	TÜV

Fahrzeuge

loto	*loto*	Auto
biss	*biss*	Bus
kamion	*kamiõn*	LKW
biciklet	*bissiklett*	Fahrrad
motociklet	*motossiklett*	Motorrad
van	*wan*	Van, Minibus
katkat	*katkat*	Allrad

Werkstatt	Garage mékanicien – *Garaz mekanissiän*	
panne	*pann*	Panne
volant	*wolãn*	Lenkrad
parbrise	*parbriz*	Windschutzscheibe
box	*box*	Kofferraum
tako	*tako*	Tacho
sparplugs	*sparplög*	Zündkerzen
laroue	*laru*	Rad, Reifen
vit	*wit*	Scheiben
moter	*moter*	Motor
frein a bra	*frän abra*	Handbremse
gear box	*gierbox*	Gangschaltung
laclé kontakt	*laklekõntak*	Zündschlüssel
deluile moter	*deluilmoter*	Motoröl
tank lessence	*tänk lessẽnss*	Tank
fit	*fit*	Plattfuß
ceintir sécurité	*säntir sekirite*	Sicherheitsgurt
tromp	*trõmp*	Hupe
débréjage	*debrejaz*	Kupplung
passe vitesse	*pass witess*	Gaspedal
remorké	*remorke*	abschleppen

Haben Sie das gehört!

A: Ou finn tann sa! Lésssence pou monté!
U finn tann sa! Lessẽns pu mõnte!
Haben Sie das gehört! Benzin wird teurer!

B: Kiété? Encor?
Kiäte? Ãnkor"
Was? Schon wieder?

A: Esqui ou capave roul par biss?
Eski u kapaw rul par biss?
Können Sie mit dem Bus fahren?

B: Mo capave, selment mo bisin lèv bonnaire et mo rente tar asoir.
Mo kapaw, selmãn mo bizĩn lew bonner e mo rãnt tar asuar.
Ich kann, nur muss ich früh aufstehen und komme spät abends zurück.

A: Moi mo péna tracas. Biss companie vinn cherche moi, vinn quite moi.
Moa mo pena traka. Biss kõmpanji vinn sersse moi, vinn kit moa.
Ich, ich habe keine Sorge. Der Firmenbus holt mich ab und bringt mich zurück.

Mo gagne létemps lire mo lagazette, ou bien dormi enn tigit.
Mo ganj letãm lir mo lagazet, u bijen dormi enn tigit.
Ich habe Zeit, meine Zeitung zu lesen oder ein bisschen schlafen.

Berufe

boy	*boj*	Laufbursche
chauffeur	*sofer*	Chauffeur
clerk	*klark*	Kaufmännischer Angestellter
contab	*kõntab*	Buchführer
dentist	*dãntist*	Zahnarzt
docker	*dokker*	Hafenarbeiter
dokter	*dokter*	Arzt
doktoress	*doktores*	Ärztin
électricien	*elektrisijen*	Elektriker
fermier	*fermije*	Bauer
gardien	*gardijen*	Wachmann
infirmier	*ĩnfirmije*	Krankenpfleger
Ingénieur	*ĩnzeniär*	Ingenieur
jardinier	*zardinje*	Gärtner
kontroller	*kõntroller*	Schaffner
lapolice	*lapoliss*	Polizist
lhotelier	*lotölije*	Gastronom
maçon	*masson*	Maurer
mékanicien	*mekanicijen*	Mechaniker
métier	*metije*	Beruf
miss	*miss*	Lehrerin
monsieur	*mösiö*	Lehrer
nurse	*nerss*	Krankenschwester
peinte	*pänt*	Maler
portier	*portije*	Pförtner
professeur	*professer*	Professor
sekretaire	*sekreter*	Sekretärin
serveur	*serwör*	Kellner
serveuse	*serwös*	Kellnerin
storekeeper	*storkiper*	Lagerist
vender	*wãnder*	Verkäufer
vendeuse	*wẽndöz*	Verkäuferin

Das Licht

Mutter: **Pierre allime sa la limière la enn coup!**
Pierre allim sa lalimijer la enn ku!
Peter mach das Licht bitte an!

Peter: **Mo pas trouve so také.**
Mo pa truw so take.
Ich sehe den Schalter nicht.

Mutter: **Alalila à gauche ek laporte.**
Alalila a goss ek laport.
Hier ist er, links neben der Tür.

Peter : **La limière la pas marché.**
Lalimijer la pa marsse.
Das Licht funktioniert nicht.

Mo croire globe la finn brilé.
Mo kruar glob la finn brile.
Ich glaube die Glühbirne ist verbrannt.

Mutter: **Met enn lot globe ladans.**
Met enn lott glob ladãn.
Setz eine andere Glühbirne ein.

Peter: **Capave enn fisib finn sauté, la limière la pas allimé mem.**
Kapaw enn fizib finn sote, lalimiär la pa allime mem.
Möglicherweise ist die Sicherung abgesprungen, das Licht geht noch immer nicht an.

Mutter: **Kitfoi bisin appel enn éléctricien.**
Kitfua bizin appel enn elektrissiän.

Vielleicht muss man einen Elektriker rufen.

Électricien vini dire: Tout bon ladans, mais selment courant finn coupé dépi CEB. Ha! Ha! Ha!
Élektrsijen wini dir: Tu bõn ladãn,me selmãn kurãn finn kupe depi CEB. Ha!Ha!Ha!
Der Elektriker kommt und sagt: Es ist alles in Ordnung, nur Strom gibt es nicht vom CEB (Central Electricity Board) Ha!Ha!Ha!

Tiere und Pflanzen

Bef	*bef*	Rind
bourik	*burik*	Esel
cabri	*kabri*	Ziege
cancréla	*kãnkrela*	Kakerlaken
cenpié	*ßãnpije*	Hundertfüßler
cerf	*ßerf*	Hirsch
cheval	*sewal*	Pferd
cochon	*kossõn*	Schwein
cochonmaron	*kossonmarõn*	Wildschwein
coq	*kok*	Hahn
coulèvre	*kulew*	Blindschleiche
courpa	*kurpa*	Schnecke
crab	*krab*	Krebs
dinde	*denn*	Pute, Truthahn
fourmi	*furmi*	Ameise
homar	*omar*	Hummer
kanar	*kanar*	Ente
krapo	*krappo*	Frosch
lapin	*lapĩn*	Kaninchen
léléfan	*leleffãn*	Elefant

lérat	*lera*	Ratte
lever	*lewer*	Wurm
lézar	*lezar*	Gecko
lézoi	*lezua*	Gans
lièvre	*liew*	Hase
lion	*lijõn*	Löwe
lipou	*lipu*	Läuse
lisien	*lissijen*	Hund
loulou	*lulu*	Wolf
méduse	*mediz*	Qualle
mouche	*muss*	Fliege
mouche jaune	*musszonn*	Hornisse
mourgate	*murgat*	Tintenfisch
moustique	*mußtik*	Moskito
mouton	*mutõn*	Schaf
moutouk	*mutuk*	Maden
ourit	*urit*	Krake
pice	*piss*	Floh
poisson	*puassõn*	Fisch
poule	*pul*	Huhn
sat	*ßat*	Katze
serpent	*serpãn*	Schlange
souri	*ßuri*	Maus
tang	*tang*	einheimischer Igel
tortu	*torti*	Schildkröte
zabeil	*zabej*	Biene
zacko	*zacko*	Affe
zanimo	*zanimo*	Tiere
zoiso	*zuazo*	Vogel
bambu	*bãmbu*	Bambus
bois	*boa*	Wald

bourgeon	*burzõn*	Knospe
brans	*brãnss*	Ast
buisson	*buissõn*	Büsche
canne	*kann*	Zuckerrohr
cocotier	*kokotije*	Palme
feuille	*fej*	Blatt
filao	*filao*	Filao-Bäume
fler	*fler*	Blume
gazon	*gazõn*	Rasen, Wiese
lagrain	*lagrĩn*	Samen, Kern
laliane	*lalijan*	Kletterpflanzen
lerb	*lerb*	Gras, Kraut
mauvais herbe	*mowezerb*	Unkraut
pié	*pije*	Baum
piébanane	*pijebanane*	Bananestaude
piésapin	*pijesapĩn*	Konifere
pikant	*pikãn*	Dorn, Stachel
plante	*plãnt*	Pflanze
racine	*rassin*	Wurzel
ravinal	*rawinal*	Ravinala – Baum
zarb	*zarb*	Bäume

Religion

Ki réligion ou étè?
Ki relizion u ete?
Welcher Religion gehören Sie an?

ange	*ãnz*	Engel
anglikan	*ãnglikãn*	Anglikaner
baptem	*batem*	Taufe
bénédiction	*benedikßiõn*	Segen
Bondié	*bõndije*	Gott
carem	*karem*	Fastenzeit
chrétien	*kretiän*	christlich
communion	*kominjõn*	Abendmahl
confession	*kõnfessiõn*	Beichte
hindu	*ĩndu*	Hindu
Jésus	*zezü*	Jesus
jugement	*zizmẽn*	jüngste Gericht
katholik	*katolik*	Katholisch
konfirmation	*kõnfirmassiõn*	Firmung
labible	*labib*	Bibel
lame, name	*lam, nam*	Seele, Geist
laprière	*laprijer*	Gebet
léciel	*lessijel*	Himmel
léfrer	*lefrer*	Mönch
léglise	*legliz*	Kirche
lenfer	*lãnfer*	Hölle
longanis	*lõnganiss*	Heiler
ma soeur	*masser*	Nonne
mon père	*mõnper*	Priester, Pastor
musulman	*müsülmãn*	Moslem
noël	*noäl*	Weihnachten
pâques	*pak*	Ostern
paradis	*paradi*	Paradies
péché	*pesse*	Sünde
pieux	*piö*	fromm

première communion	*prömijer kommünjõn*	erste Kommunion
protestant	*protestãn*	evangelisch
saint	*saĩn*	Heilige/r
service	*ßerwiss*	Opfergabe
témoin Jehovah	*temuän zeova*	Zeuge Jehovahs

Mehr Kreol:

apré lamort latisane
apre lamor latizann
Das Kind ist schon in Brunnen gefallen (Nach dem Tod die Medizin)

arrange so carri
arãnz so kari
jemanden zeigen wo es lang geht (Sein Curry vorbereiten)

ayo mama,ayo papa
ajo mama,ajo papa
meine Güte

bat / baté

gagne baté	*(ganj bate)*	schlagen, geschlagen werden
gagne baté		bei einem Spiel verlieren
bat sa		schnell machen
bat li		schlagen / hauen
bat sa ravanne la		trommeln

baton papaye
batõn papaj
schwach und dünn wie ein Papaya-Ast

batte lestoma
bat lestoma
angeben, sich auf die Schulter klopfen (Seinen Bauch klopfen)

bondié dessan
bõndie dessann
was für ein Glück, ein Wunder (Gott steigt herab)

bout en bout
but ēn but
von einer Ecke zur anderen, die ganze Strecke

brayé
braje
laut sein, schreien

caja caja
kaja kaja
sich nicht wohlfühlen, kränklich

caraille so
karaj so
in Sorge, in Schwierigkeiten (Die Pfanne ist heiß)

caré caré
kare kare
an seinen Platz, direkt, ohne Umwege (quadratisch)

cote to`nn gagne sa?
kot tonn ganj sa?
Wo hast du es gefunden/bekommen?

coudmain
kudmin
Hilfe, jemandem helfen, unterstützen, mit anpacken (Die Hand reichen)

couma dire
kuma dir
so zu sagen

dans pince
dãn pīnss
in Schwierigkeiten stecken, in der Klemme sitzen (in der Zange)

dapré ou
dapre u
Ihrer Meinung nach, Sie meinen

donne enn dizef pren enn bef
donn enn dizef prēn enn bef
man gibt den kleinen Finger und die ganze Hand wird genommen
(man gibt ein Ei und eine Kuh wird genommen)

enba enba
ēnba ēnba
unauffällig, geheuchelt (unten unten)

enn amalgame
enn amalgamm
Durcheinander, Kuddelmuddel

enn manière causé
enn maniär kose
eine Art zu sprechen, sagen wir so..

explique to cas
explik to ka
was ist los mit dir, was hast du für Probleme

faille dimoune
faj dimun
böser Mensch

faire démarsse
fer demars
sich bekümmern

faire enn joke
fer enn dschjok
Witze machen

faudé pas blié
fode pa blije
man soll nicht vergessen

galoup brite
galup brit
wegrennen, abhauen

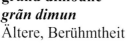

get tamtam
get tamtam
ironisch die Anderen beobachten

gobe li
gob li
schnell essen, schnell auffangen

grand dimoune
grãn dimun
Ältere, Berühmtheit

groker
groker
schweren Herzens, traurig (Das Herz ist schwer vor Traurigkeit)

groker
groker
Neider, Eifersucht (Das Herz ist geschwollen vor Neid)

ki mo pé vive
ki mo pe wiw
was ich erlebe

labousse cabri
labuss kabri
jemand der Anderen nichts Gutes wünscht (Ziegenmaul)

labousse graté
labuss grate
reden ohne zu überlegen (Der Mund juckt)

laké
lake
Leer aus gegangen (Der Schwanz)

latête cocom
latett kokomm
vergeßlich, nicht lernfähig (Gurkenkopf)

latête pas bon
latett pa bõn
irre, Schwachkopf

le pliss important
le plizĩmportãn
das Wichtigste
lève lor lipié droite
lew lor lipiä druat
fröhlich aufgestanden, gut gelaunt (Mit dem rechten Fuß aufgestanden)

lève lor lipié gauche
lew lorlipiä goss
Morgenmuffel, schlecht aufgestanden (Mit dem Linken Fuß aufgestanden)

li charge moi
li tschardsch moa
der hat so und soviel von mir verlangt

li dépend
li depēn
es kommt darauf an

lipoupoul
lipupul
Haar in der Suppe suchen, unnötigen Ärger suchen (Hühnerflöhe)

lor mo cadave
lor mo kadaw
über meine Leiche

mama poule
mamapul
Puffmutter (Glucke, Henne)

manz coco
mãnz koko
stänkern, um den Verstand bringen

met laqué
met lake
sich in die Reihe stellen

mo case
mo käss
mein Fall

mo coupe ou conversation
mo kup u kõnwerssation
Ich muss Sie unterbrechen

mo dans enn grand lapeine
mo dãn enn grãn lapänn
Ich bin sehr traurig. Ich bin in großer Trauer.

mo disik dou
mo dissik du
Meine Zuckersüße

mo entièrement daccor
mo ãntijermãn dakor
Ich stimme Ihnen zu, bin völlig einverstanden.

mo faire complainte
mo fer kõmplänt
Ich mache eine Anzeige.

mo finn comprend
mo finn kõmprãn
Ich habe verstanden.

mo gété qui pé arrivé
mo gete ki pe ariwe
Ich schaue was passiert.

mo pas conné qui sanla
mo pa kone ki sanla
Ich weiß nicht wer das ist..

mo pas conte
mo pa kõnt
Ich bin nicht dagegen.

mo pas mem conné
mo pa mem kone
Ich weiß gar nicht.

mo pas obligé croire ou
mo pa oblize kruar u
Ich muss Ihnen nicht glauben.

mo pas sire
mo pa βirr
Ich bin mir nicht sicher.

mo pas tendé
mo pa tãnde
Ich höre nicht.

mo pé écoute ou
mo pe ekut u
Ich höre Sie.

mo pou explique ou
mo pu explik u
Ich erkläre Ihnen.

mo pou raconte ou enn zaffaire
mo pu rakõnt u enn zafer
Ich werde Ihnen etwas erzählen.

mo rapel
mo rapel
Ich erinnere mich.

mo rédire ou
mo redir u
Ich sage Ihnen noch einmal.

mo ti éna enn lamour pou....
mo ti ena enn lamur pu...
Ich mochte sehr gerne... (Ich hatte eine Liebe für...)

mo ti envie conné
mo ti ānwie kone
Ich wollte wissen.

mo`nn gagne la chance
monn ganj laßānss
Ich hatte Glück.

moi qui conné
moa ki kone
Nur ich allein weiß.

monte cadadak
mõnt kadadak
huckepack

mo plein are li
mo plän ar li
Ich habe die Schnauze voll.

zot finn zoué are moi
zot finn zue are moa
Die haben mit mir gespielt. Die haben mich veräppelt.

nou`n ressi faire li
nun ressi fer li
Wir haben es geschaft.

honté
õnte
sich schämen

ou mérité
u merite
Sie haben es verdient.

pas dire moi
pa dir moa
sag bloß nicht

pas gagne tracas
pa ganj traka
keine Sorge, keine Umstände

péna lavenir
pena lawenir
keine Zukunft, aussichtslos

perdi lavie
perdi lawie
das Leben verlieren, sterben

permett moi
permett moa
erlaubt mir, gebt mir die Möglichkeit

plime plimé
plimplime
jemanden rupfen

pou selment
pu selmãn
nur für

qui pou faire
ki pu fer
was soll man machen

quité *(kite)*

Ale quite moi ! *Al kit moa!*	Fahr/bring mich hin/zurück!
Quite sa la! *Kit sa la!*	Laß das hier!
Mo finn quite li. *Mo finn kit li.*	Ich habe ihn verlassen.
Li finn quité. *Li finn kite.*	Er ist umgezogen.
Li finn quite so travail. *Li finn kit so trawaj.*	Er/sie hat gekündigt.
Li finn quite so lacase. *Li finn kit so lakaz.*	Er/sie ist abgehauen.
Nou quit! *Nu kit!*	Wir sind quitt.

sa pas dérange moi
ßa pa derãnz moa
es stört mich nicht

si mo capave
si mo kapaw
wenn ich kann, wenn ich darf

si ou get bien
ßi u get biän
wenn sie genau hinschauen
si ou trouvé
ßi u truwe
wenn sie finden, wenn sie sehen

tape cout roche
tap kut ross
mit Steinen werfen

ti léker
tileker
Feigling, Angsthase (Kleines Herz)

tombe dans laboisson
tom dãn labuassõn
dem Alkohol verfallen

tou léker
tuleker
gern, von ganzem Herzen

tou seki
tuseki
alle die

toudabor
tudabor
zuerst, erstens

tourdi
turdi
im Stress, auf Hochtouren

toute manière
tut maniär
in jedem Fall, egal wie

vatévien
watewiän
hin und her

zour dimoune
zur dimun
Leute beschimpfen

Eine Geschichte
Enn Zistuar

Enn zour ti éna 2 frères, enn ti appel Tino, lot ti appel Toni.
Enn zur ti ena 2 frer, enn ti appel Tino, lot ti appel Toni.
Es waren einmal zwei Brüder, der eine hieß Tino, der andere hieß Toni.

Tino ti marié ek Mireille, enn bien bon femme, bien tranquille, bien compréhensible.
Tino ti marije ek Mirej, enn bijen bõn fam, bijen trãnkil, bijen kõnprehãnsib.
Tino war mit Mireile verheiratet, eine sehr gute, ruhige und verständnisvolle Frau.

Toni li, so femme ti enn femme bitor, pas comprend et péna manière, li ti appel Rosa.
Toni li, so fam ti enn fam bitor, pa kõmprãn et pena manijer, li ti appel Rosa.
Der Toni hatte eine sehr ruppige, verständnislose Frau mit schlechten Manieren, ihr Name war Rosa.

Toulé de frère ti pé travail dans lisine linge, apré lisine finn fermé, zot ti né pli éna travail.
Toule de frer ti pe trawaj dãn lizin lĩnz, apre lizin finn ferme, zot ti ne pli ena trawaj.
Beide Brüder arbeiteten in die Textilindustrie, dann machte die Fabrik zu, sie waren arbeitslos.

Enn zour Tino lévé gramatin, li dire li ale rode inpé travail dans lhotel parti Flic en Flac.
Enn zur Tino lewe gramatĩn, li dir li ale rod ĩnpe trawaj dãn lotel parti Flic ẽn Flac.
Eines Tages steht Tino sehr früh auf, sagt, dass er auf Arbeitsuche zu den Hotels in der Gegend von Flic en Flac will.

Li pas ti éna casse pou li paye bis. Li finn marsse marssé.
Li pa ti ena kass pu li pej biss. Li finn marss marsse.
Er hatte kein Geld für den Bus. Er ist lange zu Fuß gegangen.

Arrive Flic en Flac dans bord lamer, li mari fatigé, li assize enba enn Pié coco.
Arriw Filc en Flac dãn bor lamer, li mari fatige, li assiz ẽnba enn pije koko.
In Flic en Flac am Wasser angekommen, ist er sehr müde, er setzt sich unter eine Palme.

Li gagne sommeil. Li rêve Bondié.
Li ganj somej. Li rew Bõndije.
Er schläft ein. Er träumt von Gott.

Bondié dire li: Tino lève to la tête, éna 3 coco lor sa pié la. Pren zot amène to lacase. To femme ek toi bisin fer enn voeux avant qui zot casse chaque coco. Selment zot bisin bien réfléssi ki zotlé.
Bõndije dir li: Tino lew to latett, ena 3 koko lor sa pije la. Prãn zot amenn to lakaz. To fam ek tua bizĩn fer enn wö awãn ki zot kass sak koko. Selmãn zot bizĩn bijen reflessi ki zotle.
Gott sagt zu ihm: Tino heb deinen Kopf , es gibt 3 Kokosnüsse auf dieser Palme. Nimm die nach Hause. Deine Frau und du habt einen Wunsch frei pro Kokosnuss die ihr aufschlagt. Aber ihr müsst euch gut überlegen, was ihr haben möchtet.

Tino gagne couraz, ale lacase.
Tino ganj kuraz, al lakaz.
Mit viel Kraft geht Tino nach Hause.

Létemps li rentre lacase, so bonnefemme kontent trouve li, embrasse li, dire li: To finn amène coco pou moi.
Letãmp li rãnte lakaz, so bonnfam kõntãn truw li, ãmbrass li,dir li: To finn amenn koko pu moa.
Als er zu Hause ankommt, ist seine Frau froh, ihn wiederzusehen, küsst ihn und sagt: Du hast Kokosnüsse für mich mitgebracht.

Tino dire li: Mo finn rêve Bondié létemps mo ti pé réposé enba pié coco. Bondié finn dire moi, lève mo lizié, éna 3 coco, prend zot amène zot lacase et faire enn voeux avant mo casse chaque coco. Amène enn laserpe.
Tino dir li : Mo finn rew Bondije letãmps mo ti pe repose ãnba pije koko. Bondije finn dir moa, lew mo lizije, ena 3 koko, prãn zot amenn zot lakaz e fer enn wö awãn mo kass sak koko. Amenn enn lasserp.
Tino sagt zu ihr: Ich habe von Gott geträumt als ich unter einer Palme schlief. Gott sagte, ich solle auf schauen, da seien 3 Kokosnüsse, die solle ich holen und nach Hause mit nehmen und mir etwas wünschen bevor ich jede Nuss aufschlage. Bring eine Machete her.

Ki nou pou demandé? Tino demande so femme.
Ki nu pu demãnde? Tino demann so fam.
Was sollen wir uns wünschen? fragt Tino seine Frau.

Mireille dire: To conné nou péna casse, a nou démann casse.
Mireille dir: To konne nu pena kass, a nu demann kass.
Mireille sagt: Du weißt, dass wir nicht genug Geld haben, fragen wir nach Geld.

Tino ek so femme trap lamé, faire enn ti bisou, faire zot voeux. Zot dire Bondié noulé casse. Tino casse sa coco la.
Tino ek so fam trap lame, fer enn ti bizu, fer enn wö. Zot dir Bondije nule kass. Tino kass sa koko la.
Tino und seiner Frau halten sich die Hände, geben sich einen Kuss und wünschen sich Geld vom Lieben Gott.

Ala lacase rempli are casse, casse dans tou coin lacase, dans mirail, partout, partout. Péna place ki péna casse.
Ala lakaz rãmpli ar kass, kass dãn tu kuĩn lakaz, dãn miraj, partu, partu. Pena plass ki pena kass.
Und siehe da, das Haus ist voll mit Geld, Geld in jeder Ecke, auf den Wänden, überall, überall. Es gibt keinen Ort in dem Haus ohne Geld.

Tou lé dé bien kontent, zot pilé, zot sauté.
Tu le de bijen kõntãn, zot pile, zot sote.
Beide sind überglücklich, sie stampfen mit ihren Füßen und hüpfen.

Alé nou pense bien lor dezième, ki to dire bonnefemme, Tino dire so femme.
Ale nu pãnss bijen lor dezijem, ki to dir bonnfam, Tino dir so fam.
Lass uns den zweiten gut überlegen, sagt Tino zu seiner Frau.

Mireil réponn: Bé nou lot problem, sé ki nou péna manzé. A nou démann manzé.
Mireil réponn: Be nu lot problem, se ki nu pena mãnze. A nu demann mãnze.
Mireil antwortet: Nun, unser anderes Probleme ist, dass wir nicht genug zu essen haben. Fragen wir nach Essen.

Tino dire li: To sire la?
Tino dir li:To sir la?
Tino sagt zu ihr: Bist du dir sicher?
Mireil réponn: Oui mo gaté!
Mireil reponn: Ui mo gate.
Mireil antwortet: Ja, mein Schatz!.

Tino casse dezième coco. Ala manzé manzé partout dans lacase, cornedbeef, saumon, diri, frigidaire rempli. Mireil ek Tino extra kontent. Reste enn dernier coco, alors Mireil dire nou bisin linge astère.
Tino kass dezijem koko. Ala mãnze mãnze partu dãn lakaz, kornbeef, somõn, diri, frizidär rãmpli. Mireil ek Tino extra kõntãn. Rest enn dernije koko, alor Mireil dire nu bizīn līnz asster.
Tino öffnet die zweite Kokosnuss. Siehe da, viel Essen im Haus, überall, Dosenfleisch, Lachs, Reis, der Kühlschrank ist voll. Mireil und Tino sind super- glücklich. Es gibt noch eine letzte Kokosnuss und dann sagt Mireil: Wir brauchen jetzt noch Anziehsachen .

Zot casse troisième coco, linge vini : T-Shirt, robe, kostim, soulié en quantité.
Zot kass truasijem koko, līnz wini: T-shirt, rob, kostim, sulije ãn kãntité.
Sie öffnen die dritte Kokosnuss und es gibt Kleidung: T-Shirts, Kleider, Anzüge und Schuhe in großer Menge.

Mari ek femme mari kontent terrib.
Mari ek fam mari kõntãn terrib.
Mann und Frau sind überglücklich.

Tino dire so femme ki li bisin ale dire sa so frère, parski li oussi li dans bez.
Tino dir so fam ki li bizīn al dir sa so frer, parski li ussi li dān bez.
Tino sagt seiner Frau, dass er seinem Bruder davon erzählen muss, weil der auch in Schwierigkeiten ist.

Tino raconte so frère Toni qui finn arrive li, et dire li tente so chance.
Tino rakõnt so frer Toni ki finn arriw li, e dir li tãnt so sãnss.
Tino erzählt seinem Bruder Toni, was ihm geschehen ist und dass er auch sein Glück probieren muss.

Lendemain gramatin Toni sorti so la case bonnaire. Li pas dire Rosa gran laguele nanié.
Lãndemaĩn gramatĩn Toni sorti so lakaz bonär. Li pa dir Rosa grãn lagel nãnje.
Am nächsten morgen verlässt Toni sein Haus sehr früh. Er sagt der großmäuligen Rosa gar nichts.

Li oussi li marsé ale Flic en Flac, li oussi li dormi enba pié coco, li oussi li reve Bondié.
Li ussi li marse ale Flic ēn Flac, li ussi li dormi ãnba pije koko, li ussi li rew Bõndije.
Auch er geht zu Fuß nach Flic en Flac, auch er schläft unter einer Palme, auch er träumt von Gott.

Li arrive lacase tar, dépi lor semin li tanne Rosa pé crié.
Li arriw lakaz tar, depi lor semĩn li tann Rosa pe krije.
Er kommt spät nach Hause, von der Strasse aus hört er Rosa schimpfen.

Cote to sorti, enn zourné to finn ale trainé. To finn boire to larak. Pas conné cote ki femme to sorti, apré to amène coco.
Kot to sorti, enn zurne to finn al trene. To finn buar to larak pa konne kot ki fam to sorti, apre to amenn koko.
Wo kommst du denn her, ein ganzen Tag hast du dich rumgetrieben. Du hast gesoffen. Wer weiß, bei welcher Frau du warst, dann bringst du Kokosnüsse.

Toni dir: Sch, sch, sch! Pas faire tapaz. Mo frère finn donne moi enn bouchon. Mo finn faire couma linn dire moi. Mo finn reve Bondié moi oussi. Nou bisin faire enn voeux a chaque fois nou casse enn coco.
Toni dir: Sch, sch, sch! Pa fer tapaz. Mo frer finn donn moa enn bousson. Mo finn fer kuma linn dir moa. Mo finn rew Bondije moa ussi. nu bizĩn fer enn wö a sak fua nu kass enn koko.
Toni sagt: Sch, sch, sch! Mach nicht zu viel Lärm. Mein Bruder hat mir einen Tip gegeben. Ich hab es gemacht wie er mir erklärt hat. Ich habe auch von Gott geträumt. Wir müssen einen Wunsch sagen, jedes mal wenn wir eine Kokosnuss aufschlagen.

Rosa crié pli fort: Ki voeux! Ki voeux! Demann fess!
Rosa krije pli for: Ki wö! Ki wö! Demann fess!
Rosa schreit noch lauter: Was für einen Wunsch! Was für einen Wunsch! Frag nach A...Popo!

Toni amerdé, li casse premier coco.
Toni amerde, li kass premije koko.
Toni ist wütend, er schlägt die erste Kokosnuss auf.

Ala la! Fess partout dans lacase, dans larmoire, lor latab, enba lili, partout, partout, zot oussi zot finn gagne double fess.
Ala la! Fess partu dãn lakaz, dãn larmuar, lor latab, ãnba lili, partu, partu, zot ussi zo finn ganj doub fess.
Oje! A... Popo überall im Haus, im Schrank, auf dem Tisch, unterm Bett, überall, überall, Toni und Rosa haben auch doppelte Ä... Popos.

Rosa grand laguele commence zapé: Ayooooo! Tire li, tiiire li, mo palé, mo paléééé!
Rosa grãn lagel komãns zape: Ayooooo! Tir li, tiiir li, mo pale, mo paleeee!
Rosa Großmaul fängt an zu bellen: Ajooooo! Nimmt es weg, niiimm es weg, ich will es nicht, ich wiiill es niiicht!

Toni tape coute laserp lors deziéme coco.
Toni tap kut laserp lor dezijem koko.
Toni schlägt die zweite Kokosnuss mit der Machete auf.

Tou fess alé, zot oussi zot péna fess.
Tu fess ale, zot ussi zot pena fess.
Alle Popos gehen weg, die zwei haben auch keinen Popo mehr.

Rosa crié: Non, non revini, nou bisin nou fess!
Rosa krije: Nõn, nõn, rewini, nu bizĩn nu fess!
Rosa schreit: Nein, nein, komm zurück, wir brauchen unsere Popos!

Toni coupe troisième coco. Ban fess la rétourné.
Toni kup truazijem koko. Ban fess la returne.
Toni schlägt die dritte Kokosnuss auf. Alle Ä.... Popos kommen zurück.

Toni dire so femme: To trouvé, quand to éna grand laguele, to pas réfléchi. To pou reste toulétemp par fess. Moi mo alé astère, mo népli capave.
Toni dir so fam: To truwe, kãn to ena grãn lagel, to pa reflissi. To pu rest tuletãmp par fess. Moa mo ale aster, mo nepli kapaw.
Toni sagt zu seiner Frau: Siehst du, wenn man eine große Klappe hat, überlegt man nicht. Man bleibt immer am A.... Popo. Ich gehe jetzt, ich kann nicht mehr.

Vokabeln

Deutsch	*Aussprache*	**Kreol**
ablehnen, absagen	*refise*	réfisé
akzeptieren	*akzepte*	akzepté
alle	*tu, zot tu*	tou, zot tou
Alles in Ordnung!	*tu korrek*	tou korrek
also	*alor*	alors
alt	*wije*	vié
amüsieren	*amise*	amisé
An diesem Tag	*sa zur la*	sa zour la
andere, die Anderen	*bann lezot, zot, banla*	bann lézot, zot, banla
anfeuchten, nass machen	*muje*	mouillé
angeblich	*ßoa dizãn*	soi disant
anzünden	*alime*	alimé
Arbeit, arbeiten	*trawaj*	travail
Ärger	*lamerdemẽn, traka*	lamerdmen, tracas
Arm	*lebra*	lébra
arm	*mizer*	miser
Art, Genre, Sorte	*zãnr*	genre
Ast	*brãnss*	brance
aufblasen	*gõnfle*	gonflé
aufmachen	*uwer*	ouvert
aufstehen, hochheben	*lewe*	levé
aufsteigen, nach oben gehen	*mõnte*	monté
Augen	*lizije*	lizié
ausgehen	*sorti*	sorti
ausruhen, Pause machen	*pose*	posé
Auto	*loto*	loto
autofahren, begleiten	*kõndire*	condiré

Badehose	*majo*	mayo
baden, duschen	*bänje*	bainié
Badewanne	*benuar*	bainoir
Baustelle	*schãntiä*	chantier
beeilen, schnell bewegen	*degaze*	dégazé
beenden	*fini*	fini
bei, zu, mit	*arr, kot*	are, kote
Benzin	*lessẽnss*	lessence
Beruf	*metiä*	métier
Besen	*balije*	balié
besorgt, durcheinander	*bulwersse*	boulversé
Bett	*lili*	lilit
betteln	*mãndie, demann sarite*	mendié, demann sarité
bis	*ziska*	ziska
bißchen	*ĩnpe*	inpé
blass	*blem*	bleme
Blechdose	*lamok*	lamoque
beiben	*reste*	resté
Blume	*fler*	fler
bluten, verbluten	*sänje*	saigné
Bohnen	*bann zariko*	bann zariko
Boot	*bato*	bato
böse	*mowe*	mauvais
Brandung	*brizãn*	brisan
Bratpfanne	*pualõn*	poalon
Bräunen	*brõnze*	bronzé
brechen, aufbrechen	*kasse*	cassé
bringen, hinbringen	*amene*	améné
Brise	*labriz*	labrise
Brot	*dipĩn*	dipain
Brotverdienst	*ganj paĩn*	gagne pain
Brunnen, Quelle	*lassurs*	lasource
Bucht	*be*	baie
bügeln	*repasse*	répassé
Bus	*biss*	biss

circa, ungefähr	*enwirõn, apepre*	**environ, apeupré**
Curry	*karri*	**carri**
Dach	*tua*	**toit**
Danke	*merci*	**merci**
danken, bedanken	*remercije*	**rémercié**
dann	*lerla*	**lerla**
dasselbe	*mem zafer, sa mem sa*	**mem zafaire, sa mem sa**
dein/dich/dir	*pu toa, to*	**pou toi, to**
der Preis	*so pri*	**so prix**
dicht an dicht	*koste koste*	**kosté kosté**
dieser, diese, dieses	*sanla, sa banla, sa, san na la*	**sanla, sa banla, sa, san na la**
Diskussion	*deba*	**débat**
Doppelgesicht, falsch	*dub fass, hipokrit*	**doub face, hypokrit**
Dorf	*wilaz*	**village**
dort	*laba*	**labas**
draußen	*dehor*	**dehors**
Dummkopf, Idiot	*idiot, latet kokom kujõn*	**idiot, latete cocom couillon**
dünn	*meg*	**maigre**
durch, pro	*par*	**par**
durcheinander	*dezord, enbalaho*	**désord, enbas lahaut**
Ecke	*kuän*	**coin**
ehrlich	*onnett*	**honnet**
eines Tages	*enn zur*	**enn zour**
einladen	*ĩnwite*	**invité**
einverstanden	*dakor, ale reit*	**daccord, alé right**
entscheiden	*decide*	**décidé**
erbarmen, Erbarmung	*pitje pitje*	**pitié pitié**
erlauben	*permett*	**permett**
Erleichterung	*enn sulazmẽn*	**enn soulagement**
erlösen	*deliwre*	**délivré**

ertrinken	*nuaje*	noyé
erzählen	*rakõnte*	raconté
es gehört uns nicht	*pa pu nu sa*	pas pou nou sa
es gibt keins	*oken, pena ditu*	oken, péna ditout
es gibt nicht	*pena*	péna
es ist seins	*pu li, so*	pou li, so
Essen	*mãnze*	mangé
Essen kochen/ vorbereiten	*kui mãnze*	cuit mangé
etwas	*enn zafer*	enn zafaire
etwas machen	*fer kitsoz*	faire quiquesoz
etwas, einige, manche	*ĩnpe*	inpé
euer/ihr/euch	*pu zot, zot*	pou zot, zot
Fahren wir!	*a nu ale*	a nou alé
fahren, rollen	*rule*	roulé
Fahrzeug	*trãnsport, wehikil*	transport, vehicul
Familie	*famie*	famille
Familienverhältnis	*parẽnte*	parenté
Farbe	*kuler*	couleur
Fehler, Unnötiges	*errer*	errer
	betiz	bétise
Feiertage	*kõnze püblik*	congé publique
fein	*fin*	fin
Fenster	*lafnet*	lafenet
fertig, am Ende	*fini net*	fini net
Fest	*fett*	fete
festhalten	*tiombo*	tiombo
Fisch	*poassõn*	poisson
fliegen	*enwole*	envolé
Flügel	*bann lezel*	bann lesaile
Flughafen	*airport*	airport
Flugzeug	*awijõn*	avion
folgen, verfolgen	*suiw*	suive
Frage	*kestijõn*	question
fragen, fordern	*demãnde*	démandé
Frau	*madam*	madame

Fräulein	*mamzel*	mamzelle
Freude	*lazua, plezir*	lajoie, plaisir
Freund, Freundin	*kamarad, zami*	camarade, zami
freundlich	*zãntij*	gentil
	alamijab	alamiable
freundschaftlich	*amikalmãn*	amicalement
frittieren	*frir*	frire
fröhlich	*zuajö*	joyeux
früh morgens	*gramatĩn bonnair*	gramatin bonheur
Frühling	*prĩntẽm*	printemp
für	*pu*	pou
Für wen?	*pu ki (sanla)*	pou ki (sanla)
Fuß	*lipiä*	lipied
Gabel	*fursset*	fourcette
geben	*done*	donné
Gebühr	*surcharge*	surcharge
gegen	*kõnt*	contre
gehen	*ale*	allé
Gehört das Haus euch?	*zot lakaz sa?*	zot lacase sa?
Geld	*kass, larzãn*	cash, largent
genauso, gleich	*mem parej*	mem pareil
genauso	*kumssa mem*	coumsa mem
genauso viel	*mem kãntite, otãn*	mem quantité, autant
genug	*asse*	assé
gerade aus	*al druat*	alle droite
Gerede	*palab*	palabe
Geschirr	*wessel*	vaisselle
Gestern	*jär*	hier
Getränke	*bann labuassõn*	bann laboisson
gib mir	*donn moa*	donne moi
gibt es?	*eski ena*	esqui éna
Glas	*wer*	verre
glauben	*kruar*	croire
Glocke	*lakloss*	lacloche
Glühbirne	*glob*	globe

Grippe	*lagrip*	lagrippe
groß	*gro, grãn*	gros, grand
gut	*bõn, bĩjen*	bon, bien
Gute Besserung!	*bonn sãnte*	bonne santé
gute Person	*bõn dimun*	bon dimoune
Guten Tag!	*Bõnzur*	bonjour
haben	*ena*	éna
halten, festhalten	*trape*	trappé
Hand	*lame*	lamain
Handynummer	*nimero portab*	niméroportable
hart	*dir, red*	dire, raide
häßlich	*wilän*	vilain
hat angerufen	*finn telefone*	finn téléfoné
Hauseigentümer	*proprijäter*	propriétaire
Häuser	*bann lakaz*	bann lacase
heizen, erhitzen	*sofe*	chauffé
helfen	*ede*	aidé
heraus nehmen, wegnehmen	*tire, retire*	tiré, rétiré
Herbst	*loton*	lautomne
herein, zurück kommen	*rẽntre*	rentré
Herr	*missiä*	missier
heute	*zordi*	zordi
hier	*issi*	ici
Hilfe	*ed, kudmän*	coupdemain
Himmel	*lesijel*	léciel
hinter, hinten	*derijer*	derriere
hoch	*ott*	haute
hören, zuhören	*ekute*	écouté
Huhn	*pul*	poule
Hund	*lisiän*	lichien
hupen, auch: verwechseln	*trompe*	trompé
Hut	*sapo*	chapeau
ich bin	*mo enn*	mo enn
ich gehe	*mo al, mo ale*	mo alle, mo allé

ich wünsche	*mo suät*	mo souhaite
Idee	*lide*	lidée
Ihr Geld	*u kass*	ou cash
immer	*tuzur*	toujour
in der Klemme	*dãn bez, dãn dife*	dans baise, dans difé
in Ordnung	*pena traka, korrek*	péna tracas, korrek
irgend etwas	*enn zaffer*	enn zafaire
ist es, hat es?	*eski*	esqui
Jahr	*lane*	lanné
jeden Tag	*tu lezur*	toulezour
jemand	*kiken, enn dimun*	quiquen, enn dimoune
jung	*zen*	jeune
Junge	*garssõn, tigarssõn*	garçon, tigarçon
kalt	*fre*	frais
Kampf	*lalitt*	lalite
Katze	*sat*	chatte
kaufen	*asste*	acheté
keiner, keine	*perssõn, okenn*	personne, oken
keine Sorge	*pena traka*	péna tracas
Keller	*sussol*	soussol
Kind	*zãnfãn*	zenfants
Kinder	*bann zãnfãn*	bann zenfants
Kirche	*legliz*	léglise
kitzeln	*gidigidi*	gidigidi
Kleidung	*līnz*	linge
klein	*tipti, pitipiti*	tipti, pitipiti
klettern	*grĩmpe*	grimpé
Knochen	*bann lezo*	bann lesos
kochen	*bui*	bouillie
kochen, Essen vorbereiten	*kui*	cuit
Koffer	*waliz*	valise
kommen	*wini*	vini
krank	*malad*	malade

können, Sie können!	u kapaw	ou capave
komisch	komik	komique
Koralle	koraj	corail
Kranker, Patient	malad, patiãn	malade, patient
Krankheit	maladi	maladie
Kühe, Rinder	bann bef	bann boeuf
Kühlschrank	frizider	frigidaire
kurz	kurt	courte
lachen	rije	riyé
Laden	labutik, magazĩn	laboutique, magasin
Land (Grundstück)	later	laterre
Länder (Nationen)	bann peji	bann pays
Lang	long	longue
langsam	dussmẽn	doucement
Laster	wiss	vice
laufen, gehen	marsse	marché
leeren, entleeren	wide	vidé
leicht	facil, leze	facile, leger
Leichtigkeit	ala lezer badinaz	ala legère badinage
Leiden, Schmerzen	ßufrãnss	soufrance
leihen, ausleihen	prete	preté
Leiter, die	lessel	léssel
lesen	lir	lire
Leute	dimun	dimoune
Licht	lalimijer	lalimière
Lied	sãnte	chanté
Likör	likär	liker
links	agoss	agauche
Löffel	kuijer	cuillère
Lohn, Gehalt	ßaler	salaire
machen, tun	fer	faire
Mädchen	tifi	tifi
malen	penn	painn
Markt, auf dem	dãn bazar	dans basar

Meer	*lamer*	lamer
mehr	*pliss*	pliss
mein/mich/mir	*pu mua, mo*	pou moi, mo
meine Güte	*mo ser, mãmmãn*	mosoeur, mamman
Meinung	*lopinjõn*	lopinion
Menge, eine	*boku, enn ta*	beaucoup, enn tas
Mensch, jemand	*dimun, enn kiken*	dimoune, quiquen
Messer	*kuto*	couteau
Mieter	*lokater*	locataire
mittag	*midi*	midi
Mitternacht	*minui*	minuit
Möbel	*meb*	meuble
Monat	*moa*	mois
Mond	*lalin*	laline
morgen	*demän*	demain
Mund	*labuss*	labouche
Muschel	*kokij*	coquille
nach Hause	*al lakaz*	alle lacase
nach, danach	*apre*	après
Nagel	*kulu*	coulou
nah	*pre*	près
nehmen	*prãn*	prend
nennen	*apele*	appélé
nervös	*nerwös*	nerveuse
neugier	*küriö*	curieux
nicht gut	*pabõn, pa bijen*	pasbon, pasbien
nicht haben	*pena*	péna
nichts	*nãnje*	nannié
Nichtstuer	*bõnarijän*	bonarien
nie	*zame*	jamais
niemand	*perssõn*	person
noch	*ãnkor*	encore
noch nicht	*pa ãnkor, pãnkor*	pencore, pas encore
Nörgler	*gronjõn*	grognon
nur wir	*nu-zot, selmãn nu*	nouzote, selment

		nou
oben	*lao*	lahaut
obwohl	*mem, malgre*	mem, malgré
oder	*u, u bijen*	ou, ou bien
ohne	*sãn*	sans
Öl	*deluil*	delhuile
Ordnung schaffen	*met lord*	met lorde
	arãnz	arrange
Paket	*parssel*	parcel
Pflanze	*plãnt*	plante
Platz	*plass*	place
privat	*priwe*	privé
probieren (essen)	*gute*	gouté
rau	*röf*	rough
rauchen	*fime*	fimé
rechts	*adruat*	adroite
Regen	*lapli*	laplie
Reis	*diri*	diriz
Religion	*relizijõn*	réligion
rennen	*galope*	galopé
reparieren	*arãnze, repare*	arrangé, réparé
reserviert	*reserwe*	réservé
Restaurant	*restaurãn*	restaurant
Richtung	*direktion*	direction
riechen, spüren	*sãnti*	senti
Riff	*rif*	riff
Rind, Bulle, Kuh	*bef*	boeuf
roh	*kri*	cri
Rücken	*ledo*	lédo
ruhig	*trãnkil*	tranquil
runter gehen, -kommen	*dessan*	descann
sagen, erzählen	*dir, rakõnte*	dire, raconté
salzig	*sale*	sale
Salzwasser	*delo sale*	délo sale
Samstage	*bann samdi*	bann samedi

Sand	*disab*	disable
Schatten	*lõmbraz*	lombrage
schauen, gucken	*gete*	gueté
scheuchen, weg		
schicken	*pusse*	pussé
schlafen	*dormi*	dormi
Schlüssel	*lakle*	laclé
Schmerz	*duler*	douler
schmutzig	*malang*	malangue
schneiden	*kupe*	coupé
schnell	*wit*	vite
schon	*deza*	déja
schön	*zoli*	joli
Schraubenzieher	*turnawiss*	tournavis
schreiben	*ekrir*	écrire
schuldig	*kupab*	coupable
Schulter	*zepol*	zépol
schwach, krank	*feb faj faj*	faible faille faille
schwer	*lur*	lourd
schweren Herzens	*leker lur*	lécoeur lourd
Schwester	*ser*	soeur
schwierig	*difizil*	dificile
schwimmen	*naze*	nagé
Seegurke	*barbara*	barbara
Seeigel	*ursĩn*	oursin
Seestern	*zetual de mer*	zétoile de mer
Seil, Tau	*lakord*	lakord
sein/sich/ihr	*pu li, so*	pou li, so
selbst	*mem*	mem
Sie/Ihre/Ihnen	*u, pu, u*	ou, pou, ou
sitzen	*assize*	assisé
so zu sagen	*kuma dir, ondi*	couma dire, ondit
Sommer	*lete*	lété
Sonne	*solej*	soleil
Sonnenbad	*baĩn solej*	bain soleil
Sonnenschirm	*parasol*	parasol

später	*tar*	tard
spazieren gehen, ausgehen	*wakarne*	vacarner
spielen	*zuä*	joué
sprechen	*kose*	causé
stark	*for, kosto*	fort, kosto
Staubsauger	*asspirater*	aspirateur
stehlen, klauen, Stein	*kokän*	coquin
Stein	*ross*	roche
Sterne	*zetual*	zétoile
stoppen	*arete*	arrété
Strand	*laplaz, lamer*	laplage, lamer
Strandmatte	*natt*	natte
Strasse	*semĩn, lari*	chemin, larue
Strohhut	*sapo lapaj*	chapeau lapaille
Strömung	*kurãn*	courant
Student	*bann etudiant*	étudiant
Stuhl	*sez*	chaise
suchen, aufsuchen	*rode*	rodé
Suppe	*lasup*	lasoupe
süss	*du*	doux
Tanzen	*dãnse*	dansé
Tasche	*sak*	sac
Tasse	*tass*	tasse
tauchen	*plõnze*	plongé
Taxifahrer	*sofertaxi*	chauffeur taxi
Tee	*dite*	dithé
Telefonnummer	*nimero telefonn*	niméro téléfone
teurer geworden	*finn mõnte*	finn monté
tief	*fõn*	fond
Tiere	*zanimo*	zanimo
Tisch	*latab*	latable
Tochter	*tifi*	tifi
Topf	*marmit, dekti*	marmite, dekti
tragen	*sarje*	charié
träumen	*rewe*	révé
traurig	*sagrän*	chagrin

trinken	*buar*	boire
trocknen	*met sek*	met sec
Tschüss!	*salam, bye, aurewuar*	salam, bye, aurevoir
Tür	*laport*	laporte
überdreht	*ganj jen*	gagne yen
übrigens	*ofe, ãnparlãn*	aufait, enparlant
Uhrzeit	*ler*	laire
Umweg	*letur, detur*	létour, détour
undurchsichtig	*trub, mistrãn*	trouble, mistrant
unglaublich	*ĩnkroajab*	incroyable
unklar	*kata kata*	cata cata
ungefähr	*enwirõn, preske apepre*	environ, presque a peupré
Unglück, Malheur	*maler*	malheur
unser/wir/uns	*pu nu, nu*	pou nou, nou
unten	*ãnba*	enbas
Urlaub	*wakãnss*	vacance
Verkäufer	*marssãn, vãnder*	marchand, vendeur
Verkehr	*traffik*	traffic
verlassen, zurück lassen	*kite*	quité
verletzen	*blesse*	blessé
verloren	*perdi*	perdi
vermieten, mieten	*luä*	loué
verstehen	*kõnprãn*	comprend
verstreut	*fane*	fané
viel, mehrere	*enn pake, plizir, boku*	enn paqué, plisieur, beaucoup
Volk, das	*lepep*	lépep
von, seit	*depi*	épuis
vor, vorher	*awãn*	avant
vorbeigehen	*passe*	passé
vorbereiten	*prepare*	préparé
wachsen	*pusse*	poussé

Wand	*miraj*	mirail
wann	*kãn, ki ler*	quand, qui laire
warm, heiß	*so*	chaud
warten	*attann*	attanne
warum	*kifer*	qui faire
Was haben Sie?	*ki u ganje*	qui ou gagné
Was kostet es?	*komije sa*	comié sa
Waschbecken	*lawabo*	lavabo
waschen	*lawe*	lavé
Waschmaschine	*massin a lawe*	machine a lavé
Wasser	*delo*	délo
wechseln, ändern	*sãnze*	changé
Wecker	*rewej*	réveil
wegwerfen	*zete*	jeté
weh tun	*fermal*	faire mal
weich	*mu*	mou
weil	*parski*	parce qui
weinen	*plore, gele*	ploré, guelé
welche	*lekel, lakel*	lequel, laquel
Welle	*wag*	vague
wem gehört es, wessen?	*pu ki sa, pu ki sanla sa*	pou qui sa, pou qui sanla sa
wenig	*tigit*	tigit
wenig, ein paar	*detroa*	dé-trois
wer?	*ki, ki sanla*	qui, qui sanla
Werkstatt	*garaz mekanissiän*	garage mécanicien
wertvoll	*dewaler*	dévaleur
Wette	*parijaz*	pariage
Wetter	*letãm*	létemps
wie	*koma, koma dir*	coma, coma dire
Wie geht`s?	*ki nuwel*	qui nouvel
wieviel	*komije, ki kãntite*	comié, qui quantité
willkürlich, ohne Überlegung	*bonawini*	bonavini
Wind	*labriz, diwen*	labrise, divent
Wirbelsturm	*siklon*	cyklone

wir fahren/gehen	*nu al, nu ale*	nou alle, nou allé
wir mieten	*nu lue*	nou loué
wo ?	*kot, ki kote*	cote, qui coté
Wochenende	*uikend*	weekend
Wochentag	*zur lassemän*	zour lasemaine
Wolken	*bann niaz*	bann niage
wünschen	*suete*	souhaité
Würde	*dinjite*	dignité
wüten, kochen	*bujone, buji*	bouilloné, bouilli
wütend	*ãnkoler*	encolère
	ammerde	ammerdé
	araze	arazé
Wunder	*enn mirak*	enn miracle
Wut	*laraz*	larage
Zahl	*nimero, siff*	niméro, chiffre
zeigen, lehren	*mõntre*	montré
Zelt	*latẽnt*	latente
zerschmettern, mahlen	*kraze*	crasé
ziehen	*isse*	issé
Zimmer	*lasam*	lachambre
Zoll	*laduan*	ladouane
Zollbeamter	*duanije*	douanier
zu teuer	*tro ser*	trop cher
zu viel	*tro, tro boku*	trop, trop beaucoup
Zuckerrohrfelder	*karo kann*	carreau canne
zumachen, schließen	*ferme*	fermé
zurückgehen	*reale*	réallé
zurück kommen, -bringen	*returne*	rétourné
zurücknehmen	*reprãn*	réprend
zwischen	*ãnt*	entre